Jan Christoph Berg

AF206548

# Das goldene Spiel

Eine Kurzgeschichtensammlung zum
Nachdenken

Jan Christoph Berg

# Das goldene Spiel

Kurzgeschichtensammlung

Bibliografische Information der Deutschen
Nationalbibliothek:
Die Deutsche Nationalbibliothek verzeichnet diese
Publikation in der Deutschen Nationalbibliografie;
detaillierte bibliografische Daten sind im Internet über
http://dnb.dnb.de abrufbar.

Herstellung und Verlag: BoD – Books on Demand,
Norderstedt

ISBN: 978-3-7504-3222-2

# Inhalt

# TREUE, WEM TREUE GEBÜHRT

Wie zart sie sich anfühlt. Ihre nackte Haut glüht. Mein Herz tut es ihr gleich. Der Wunsch, das Verlangen nach ihrer Zuneigung, wächst mit jeder Minute. Wie soll ich heute wieder Adieu sagen können? Sie weiß mich zu lieben, ohne dass ihr jemand etwas über mich erzählen musste. Von Freiheit träumt sie und doch sperrt sie mich ein. Unaufrichtig? Nein, sie weiß, was gut für mich ist. Und umgekehrt ist es genauso. Ich erzähle ihr von meinem Tag:

„Meine Rede ist nicht wirklich gut auf einer gewissen Seite angekommen. Aber das ist verständlich. Wie könnten sie es auch gutheißen, wenn man ihnen zeigt, wie sie sich in ihrer Intoleranz verrennen?"

„Jedes einzelne Wort war passend gewählt. Mich hast du auf jeden Fall beeindruckt und tausende andere auch. Das ist das Einzige, was zählt. Sobald du Menschen dazu bringst, etwas zu überdenken, wovon sie überzeugt waren, hast du gewonnen. Ich bin so stolz auf dich, das kannst du dir gar nicht vorstellen. Wie gerne ich neben dir stehen würde, um dich Seite an Seite zu unterstützen."

„Wir wären ein süßes, aber rebellisches, ein liebendes aber unruhiges, ein beneidenswertes Paar."

„Irgendwann werden auch wir gemeinsam etwas verändern."

„Wir sollten, wenn wir ehrlich miteinander sind, eigentlich etwas in unserem eigenen Leben verändern, bevor wir gemeinsam versuchen, das anderer zu verändern."

„Das müssen wir sogar."

„Worauf warten wir also noch?"

„Du weißt ganz genau, worauf wir warten."

„Lass mich leiden, sag es mir bitte noch einmal."

„Wir warten auf etwas, das nie passieren wird. Wir warten auf einen Zufall, eine Begegnung, eine Hoffnung, die uns darin bestärkt, weiterzumachen. Eine Hoffnung, die uns weitermachen lässt. Die uns einen Schritt weiter gehen lässt, als bisher. Wir warten vergeblich und viel zu lang. Wir warten, während unsere Zeit langsam vorüberstreicht und wir im Stillen nur darüber weinen können. Wir sehen unsere Zukunft wie im Nebel verschwinden und nie mehr wiederkehren. Nebel deshalb, weil auch er einen einfachen Menschen hilflos werden lässt. Verrückt oder? Dabei ist Nebel nur eine Anhäufung kleiner Wassertropfen und trotzdem sind wir ihm genauso hilflos ausgeliefert wie unseren emotionalen Empfindungen. Bekümmert sehen wir unsere gemeinsame Zukunft verschwinden. Und irgendwann einmal werden wir genauso nicht allein dastehen, aber auch nicht gemeinsam. Und wir werden unseren Erinnerungen nachweinen, werden versuchen niemals glücklich zu werden, brauchen uns dafür aber auch nicht anzustrengen. Anstrengen werden wir uns nur müssen, um nicht in Gesellschaft zu weinen. Dass es uns gelingt, bezweifle ich. Dann werden wir sagen, dass unsere Augen schmerzen, weil wir uns einen Zug geholt haben, aber eigentlich haben wir nur zu lange in die Augen unserer einzig wahren Liebe geschaut. Und darin haben wir eine Person gesehen, die uns keineswegs an Weisheit unterlegen ist, nichts Verachtenswertes an sich hat und mehr als nur essentiell für unser Leben war beziehungsweise noch immer ist. Ich möchte dich nie vermissen müssen", ihre Worte sind herzerweichend. Sie weint und ich trockne ihre Tränen wie jeden Abend mit einem bereits vorbereiteten Taschentuch, bevor ich den Anblick ihrer traurigen Mundwinkel nicht mehr ertrage und selbst in Tränen ausbreche. Unsere Tränen vermischen sich. Sie beugt sich über mich und legt ihre Wange an die meinige. Ihr kunstvoll nach hinten gestecktes Haar, dem nur einige wenige Strähnen entkommen, liegt auf meinem Gesicht und ich genieße es, wie es mich in der Nase juckt. Ich kann ihr Parfum riechen, ein seit dem ersten Tag so vertrauter Geruch. Wir umarmen uns lange. Beide brauchen wir genau jetzt diese Zuversicht, die uns bestätigt, dass wir für immer so zusammen, aufeinander, liegen können. Eine trügerische Zuversicht, die uns aber zumindest den Moment erleichtert. Ich fühle mich verstanden, sie ebenso. Wieso haben wir nicht vor drei Jahren zueinandergefunden? Warum haben wir nicht jede einzelne Nacht für drei Jahre lang miteinander verbracht? Es wäre das Richtige gewesen, das weiß ich genauso gut wie sie. Sie leidet so wie ich. Wir sitzen im selben Boot, dem wir gemeinsam entkommen möchten, es aber nicht schaffen, weil wir uns nicht trauen, ins Wasser zu springen. Die Freiheit – Sie wäre so nah. Hand in Hand würden wir springen und unsere Landung wäre sanft. Sanfter als je erwartet. Aber wir können nicht schwimmen, selbst obwohl wir wissen, dass wir am Grund stehen könnten. Der einfachste Sprung scheint so komplex zu sein. Wie sollen wir zwei Liebenden dem kühlen Wasser entgegentreten? Eine schier nicht zu beantwortende Frage, die wir uns jeden Tag, jede Stunde, jeden Moment unseres Lebens, den wir nicht zusammen verbringen, stellen.

„Ich habe Angst davor, irgendwann einmal zu bereuen, dass wir zueinandergefunden haben. Nicht weil ich dich nicht liebe, diese Angst habe ich bei Gott nicht, sondern weil wir nicht wirklich zueinandergefunden haben. Nicht akzeptiert und nicht offiziell. Was, wenn wir irgendwann den Moment hassen, in dem wir begonnen haben, uns zu lieben?", denke ich in gesprochener Art und Weise.

„Was, wenn wir lernen müssen, ohne einander zu leben?"

„Das müssen wir nicht. Wir werden so weitermachen müssen wie jetzt, aber niemals, meine Liebste, kann ich auch nur ansatzweise in Betracht ziehen, dich nicht zu begehren, zu verehren, zu lieben. Eher würde ich meinem Leben entfliehen."

„Blöd nur, dass du deiner Identität nicht entkommen kannst."

„Sag mir nicht, dass ich machtlos bin."

„Aber du weißt doch selbst am besten, dass es stimmt. Du bist es, der genauso wie ich weiß, dass die Menschheit dazu verdammt ist, nichts zu wissen, sich darüber im Klaren zu sein und damit zu leben. Und das wiederum ist der gelegte Grundstein für unsere Hilflosigkeit."

„Der Mensch, der glaubt die größte Macht aller Lebewesen auf der Erde zu haben, hat nicht einmal die Macht über sein eigenes Leben. Traurig."

„Exactement", bestätigt sie meine Aussage.

Ich muss gehen. Es ist spät und die Zeit der glücklichen Stunden, des harten Schmerzes und der einzig wahren Zuversicht vorbei. Wären diese vier Wände nur die meines Schlafzimmers. Ich würde es nie verlassen.

„Sie werden es nie sein", unterbricht sie meine Gedanken, die ich unwissentlich laut ausgesprochen habe. Verwirrt und bedächtig ziehe ich mich wieder an. „Geh nicht! Nicht heute. Bleib nur diese eine Nacht", fleht sie mich mit glänzenden, tränenverschmierten Augen an. Ich hasse es, wenn, wie so oft, solch eine Situation eintritt. Meine Hilflosigkeit schmerzt. Die Frau, die ich liebe, muss ich jeden Tag enttäuschen, indem ich sie verlasse, und meine richtige Frau hasst nichts mehr als den Moment, in dem ich durch die Türe trete und sie weiß, dass sie meine Anwesenheit wieder für einen Tag länger ertragen muss. Wahrscheinlich sitzt sie schon daheim und betet, dass ich nicht mehr heimkomme. Nein, das tut sie nicht. Deshalb und nur deshalb verlasse ich jetzt wieder einmal die Frau, die ich liebe. Ich habe sie eigentlich gar nicht verdient. Wie oft schon habe ich ihr das gesagt. Wie oft schon hat es nichts geholfen? Sie weiß, dass ich sie liebe. Wie könnte sie es auch nicht wissen?

Flehend, bittend, bettelnd verlasse ich sie. Ich empfinde Hass. Hass der einzig und allein gegen mich gerichtet ist. Dafür, genau dafür, hasse ich mich jeden Tag. Gerade, als ich die Tür hinter mir schließen möchte, stößt sie einen durchdringenden Schrei aus. Einst habe ich mit ihr ausgemacht, es nicht zu einer traurigen Verabschiedung kommen zu lassen. Heute schaffe ich es nicht. Sie kauert in einer Ecke, ihr nackter Körper wirkt so verletzlich. Ich setze mich neben sie. Ihre Brust bebt. Sie schnappt nach Luft. Kein Liebesfilm könnte je trauriger enden. Die Entscheidung, die ich jetzt treffen muss, fällt mir schwerer als je zuvor. Langsam verstehe ich, dass sie abhängig ist von mir. Von niemand anderem als mir. Eine Abhängigkeit, die man nicht therapieren kann. Und ich verstehe, dass ich der einzige Mensch bin, der sie je wieder aus diesem Zustand bringen wird. Aber ich muss gehen. Jetzt. Sofort. Sie weint, sie hört nicht auf zu weinen und nach Luft zu schnappen. Herzerweichend. Ein Zustand aber, auf den ich jetzt keine Rücksicht nehmen kann. Ich bin grausam. Nicht nur zu ihr, sondern allen voran zu mir. Denn in Wirklichkeit bestrafe ich mich selbst, indem ich nicht bei ihr bleibe, sondern weglaufe. Ich laufe nicht, ich gehe. Und zwar jetzt. Vorher aber ziehe ich ihr den roten Bademantel an, der unberührt auf einem Stuhl liegt und führe sie zum Bett.

Auch um diese Uhrzeit noch sind genug Menschen auf der Straße vor ihrer Wohnung unterwegs. Menschen, die mich kennen könnten und gesehen haben könnten, dass ich aus dieser Tür gekommen bin. Menschen, die ich hasste, würde ich sie kennen. Ein verstohlener Blick um den anderen. Die Welt außerhalb dieser Wohnungstüre scheint mir so unbekannt und ungewollt zu sein. Die Straßenlaternen gähnen leer vor Mittelmäßigkeit. Unerträgliche Zustände, die sich in unsere Straßen verirren. Hass, wohin man blickt. Egoismus und die verloren gegangene Fähigkeit, über den Tellerrand blicken zu können. Intoleranz und Streitsucht. Kein lebenswerter Platz mehr – diese Welt außerhalb der Wohnung im fünften Stock.

Unter dem Vordach trifft mich der nun einsetzende Regen nicht. Ich gehe nicht. Nein, ich werde heute nicht mehr gehen und auch morgen nicht.

Als ich mich zur Tür wende, um wieder nach oben zu gehen, höre ich ein dumpfes Geräusch hinter mir. Nein. Bitte nicht. Bitte alles nur nicht das. Ich drehe mich um. Eine Frau, in einen roten Bademantel gehüllt, liegt auf den Pflastersteinen unweit des Hydranten. Ein mir bekannter Bademantel. Der Regen prasselt unbarmherzig auf den leblosen Körper nieder. Die sanften Locken werden teils durch eine dreckige Lacke Wasser aufgelöst und teils läuft ein mit Regenwasser vermischter Film frischen Blutes an ihnen herab auf den Boden. Ich knie neben ihr, den Regen kann ich nicht mehr von meinen Tränen unterscheiden und den Donner nicht von meinen Schreien. Mir schießen tausend Fragen durch den Kopf. Keine einzige davon kann ich mir beantworten. Ich war zu spät. Nicht zu spät aber ist der Mann mit der Kamera, der mir genauso viele Fragen stellt, mich fotografiert und mir versichert, dass ich eine Schlagzeile in der morgigen Zeitung verdient habe. Er fotografiert mich, während ich abwechselnd ihren Kopf und ihre Hand berühre, leicht anhebe und dann vom Blut erschrocken wieder zurückzucke.

Lisa T.: Geboren 1997; gestorben am 27. November 2019 an den Folgen eines Sturzes aus einem Fenster

Jonas F.: Geboren 1998; gestorben am 28. November 2019 an den Folgen einer selbst zugefügten Stichverletzung; ehemaliger Spitzenpolitiker und Philosoph

Valerie F.: Geboren 1997; Frau von Jonas F.; hat ihren guten gesellschaftlichen Ruf durch die Affäre und den Tod ihres Mannes verloren

# MANIERISMUS ALS FALSCHES MASS DER DINGE

Die grobmaschige, korsettartig zusammengebundene Bluse schnürt ihren leidenschaftslosen, schroff in schlanken Zügen abfallenden Rücken leicht ein. Zögernd dreht sie ihren Kopf langsam in unsere Richtung, zeigt den harten Anblick ihres Antlitzes und beugt ihren Oberkörper bewusst provokant über die Lehne des Stuhls. Meine besorgten Gedanken über den Verlauf der nächsten Stunden schwinden, mit ihnen meine Fähigkeit, die Auffälligkeit von Blicken einzuschätzen. Ein leichter Stoß in die Seite durch den Ellenbogen eines Klassenkameraden bringt mich in eine bisher ungekannte Situation der Verlegenheit. Ich dürste nach der Anerkennung ihrer Blicke, die jedoch ausbleibt. Auch zahlreiche Versuche, durch ein Lächeln meinerseits aus der Masse herauszustechen bleiben erfolglos, lassen mich erzürnen und letztlich beschämt fühlen. Was glaube ich denn? Was? Bei vielen anderen gelingt es mir, ein Fünkchen Aufmerksamkeit zu ergattern, nur bei ihr nicht. Nicht ihr sollt mich für meine Armseligkeit und Bescheidenheit bedauern, sondern sie, nur sie. Gesenkten Hauptes mit festen Blicken immer noch ihr zugewendet verlasse ich den Raum. Die letzte Hoffnung geht mit einem Schritt aus dem Raum hinaus auf den Gang elendiglich zugrunde. Nicht die richtige Atmosphäre für eine Annäherung dieses Ausmaßes, rede ich mir ein, wissend, dass auch das nur eine müde Ausrede eines aufgeweckten jungen Mannes ist. Eines jungen Mannes, der seinen Abschluss geschafft hat und damit gleichermaßen die glorreichen Vorteile des alltäglichen Schullebens hinter sich lässt. Gestern wurde ich für reif erklärt. Ganz offiziell. Und jetzt, da ich es geschafft habe, diesen alltäglichen Qualen, als die wir sie wohl alle empfunden haben, zu entkommen, wünsche ich mir nichts sehnlicher als noch eine Weile dazubleiben, die Strenge der Anwesenheitspflicht zu genießen und einen Punkt im Leben gesichert zu wissen, der es mir ermöglicht, noch einmal – oder vielleicht sogar öfter – zurückzukehren mit dem Wissen, dass ich sie auch am nächsten Tag wiedersehen werde.

„Absoluter Horror war das da drinnen", merkt Fabian nebenbei an.

„Wie meinst du?", gebe ich nach einiger, wahrscheinlich auffällig langer Zeit zurück.

„Die waren ja alle hässlich zum Quadrat." Gedankenverloren nicke ich. Ich weiß nicht, ob ich ihm etwas entgegnen oder es lieber dabei belassen soll. Aber er ist mein Freund und merkt anscheinend, dass etwas nicht stimmt, vermutlich da mein übliches Gelästere auf sich warten lässt beziehungsweise nach einiger Zeit offensichtlich vollkommen ausbleibt.

„Und jetzt sag, welche es war!"

„Woher w ..."

„Glaubst du wirklich, dass du so unauffällig sein kannst, dass es mir nicht auffallen würde, wenn du jemanden anstarrst? Links oder rechts?" Er meint den Sitzplatz.

„Links. Sie war links."

„Elegant, aber keinesfalls eingebildet oder selbstverliebt. Eine gute Wahl, mir wäre sie nur etwas zu frech und eigensinnig. Passt aber zu dir, muss man sagen."

„Was ich so weiß hat sie auch ungefähr dieselben Interessen und ist eine absolute Perfektionistin in der Schule."

„Also eine Streberin, so wie du ein Streber bist", er lacht kurz auf und hält mich dann am Arm fest, schlägt vor, wieder hineinzugehen und ich winke leicht irritiert ab.

Verständnislos schaut er mich an, ich schlage vor zu gehen und wir schweigen am Treppenabgang, bis wir in der Aula angekommen sind. Fordernd stupst er mich an, merkt aber, dass sich meine Gedanken momentan fernab jeglicher Realität im Kreis drehen und nicht eher ruhen, bis sich mir erneut die Möglichkeit bietet, auf jede erdenkliche Art und Weise an ihrer Härte zu scheitern. Das Wort „scheitern" trifft wohl auch den weiteren Verlauf unserer „Beziehung" zueinander, sehr gut. Die richtige Perle des Vertrauens erreicht man bei ihr wohl nicht leicht, was mir sämtliche Hoffnungen und Tagträume destruiert. Nichts, aber auch wirklich gar nichts, kann von mir unternommen werden, um auch nur ein wenig beiderseitiges Interesse zu schaffen. Wahrlich desillusioniert mir diese Denkweise jede Art hypomanischen Denkens, was diese Verliebtheit schon jetzt zu einer kleinen – oder besser gesagt großen – Besonderheit macht, die mir tatsächlich wie gewittergeladene Wolken an einem Sommertag bei sonst strahlendem Sonnenschein vorkommen. Dazu sei gesagt, dass ich Sommergewitter über alles liebe und nichts lieber tue, als sie in vollen Zügen zu genießen. Trotzdem haben Sommergewitter etwas Unberechenbares, das selbst durch rationales Denken absolut nicht definierbar ist. Diese besondere Lichtstimmung des Himmels, die sich ihren Weg über gelblich glitzernde und unglaublich helle Sonnenstrahlen mitten durch die dicken Wolken auf die Erde bahnt, lässt einen erstaunen, bis man durch die ersten Wassertropfen wieder zurück auf den Boden der Realität geholt wird, der allerdings ganz und gar keine angenehmen Empfindungen mehr nach sich zieht.

Ich würde so gern tagsüber von ihr träumen und nachts mit ihr träumen. Gerade erst vor ein paar Minuten hatte ich dieses Bewusstsein darüber, dass eigentlich sie diejenige ist, die wirklich über all die infantilen Wünsche und Sehnsüchte der Mädchen ihres Alters erhaben ist, noch nicht. Auch Fabian vermittle ich meine neue Erkenntnis. Er meint, dass ich ruhig früher darüber hätte nachdenken können und erinnert mich in einer Weise, die ich bisher noch nicht kannte, an die Tatsache, dass es jetzt zu spät dafür sei. Vorher ein Sommergewitter und jetzt ein Schneesturm. Eine ungewöhnliche Situation.

Am nächsten Tag, es ist der Tag der „großen" Abschlussfeier, wird es mir im überfüllten Veranstaltungsraum zu heiß, zu laut und zu eng. Verschwitzte Menschen reiben ihre, mit Schweiß befleckten Kleider und Hemden, und die darunterliegenden schlaffen, fast leblos anmutenden Gliedmaßen aneinander und betrinken sich, als ob es den morgigen Tag nicht gebe. Denen, die sich der Allgegenwärtigkeit des morgigen Tages bewusst sind, wird es nicht zu mühsam, sich aus der Menschenmasse zu befreien und, wenn auch unter durch Tritte in die Schienbeinregion verursachte Schmerzen, zu versuchen, sich ihre Zeit durch das ergebend bewundernde Betrachten des Sternenhimmels zu vertreiben. Das ganze Jahr über interessiert sich von diesen Menschen, darin bin ich inkludiert, sowieso niemand dafür. Ein günstiger Zeitpunkt also, um das zu ändern.

Sie aber sieht nicht in den Himmel, hält ein verkümmertes Glas Rotwein in der Hand, spielt an dessen Rand mit den Fingerspitzen herum und schaut sich mit nach unten gerichteten Mundwinkeln um. Traurig wirkt sie nicht, aber zutiefst angewidert und verachtend, obwohl sie vorher schon ein paar Momente gequälten Lächelns ihren Mitschülern und einigen Lehrern entgegengebracht hat. Die zarte Nase wirkt angespannt, ihre dichten, auf perfektionistische Art und Weise zurechtgestutzten Augenbrauen sind leicht hochgezogen. Ihre, von markanten Adern gezeichneten Arme hält sie nah an den Körper. Sie wirkt, als trüge sie eine Schönheit in sich, die sie mit allen möglichen Mitteln zu verbergen versucht, indem sie ihre Abneigung dem Umfeld gegenüber zutage kommen lässt. Daran scheitert sie. Ihre aufgebäumte, reglose Schulter verharrt in einer Starre völliger Gleichgültigkeit. Sie trägt nur ein Stück ihrer Eitelkeit, die von Intellekt und Überlegenheit geprägt ist. Keineswegs unbegründet. Stolz unter einer Hülle imitierter Selbstsicherheit, die mit jedem zusätzlichen Atemzug mehr und mehr verblasst, bis schließlich nichts mehr davon übrig ist und unser Blickkontakt niederbricht, symbolisiert Abneigung und Zuneigung zugleich. Nachdem sie für einige Sekunden geistesabwesend die Umgebung beobachtet hat, stehen wir beide unentschlossen auf, gehen aufeinander zu. Die beiden Strähnen brünetten Haars, die sich seitlich links und rechts ihrer Wangenknochen in die Tiefe stürzen, flattern im sanften Luftzug der lauen Nacht wie Segel, die vom Wind in unberechenbarer Milde geschaukelt werden. Sie bricht die unerträglich Stille:

„Ich gratuliere dir auch noch einmal zur bestandenen Reifeprüfung."

„Sehr lieb von dir. Dankeschön." Ich nehme ihre Hand, die sie mir zum Gratulieren fast unmerklich entgegenstreckt.

„Und dazu noch so gut."

„Ich wünsche dir für nächstes Jahr auch schon einmal ganz, ganz viel Glück!" Eine Antwort, die aus Verlegenheit heraus entsteht, jedoch scheinbar recht gut zu fruchten scheint:

„Danke, das kann ich wirklich brauchen. Mir sagt das nie jemand, aber in Wirklichkeit wissen gerade wir beide – oder vielleicht auch nur wir beide – dass auch wir manchmal ein bisschen Glück ganz gut gebrauchen könnten."

„Das ist absolut richtig. Man setzt bei uns Leistungen voraus, die ja eigentlich noch nicht vollbracht sind, aber schlichtweg den Druck, der auf uns lastet, enorm erhöhen."

„Man muss sich nur einmal vorstellen, was passierte, schrieben wir einmal eine schlechtere Note." Die Absurdität der Reaktion von anderen in solch einer Situation erheitert uns beide, weshalb wir kurz und ein bisschen verlegen lachen müssen. Ihre Zähne blitzen unter den farbentledigten Lippen hervor, ihr Parfum riecht nach den Blüten von Jasmin, in der Ferne ertönen die blauen Glocken des Kirchturms. Sie ist kleiner als ich, schaut zu mir auf, in den braunen Augen schwindet die Härte ihrer früheren Blicke.

„Wir wissen ja auch – im Gegensatz zu vielen anderen – wie hart das für einen selbst ist, wenn man einmal nicht das beste Ergebnis erreicht. Da bedarf es nicht einmal der Blicke und des Geflüsters der anderen."

„Und wir werden uns dafür schämen. Die anderen vergessen es nach spätestens ein paar Tagen wieder, aber wir werden es nie vergessen. Die Blicke. Die Aussagen. Das Versagen."

Ihre Lippen schmecken nach Maracuja und nach der unwiderstehlichen Versuchung, das Geschehene fortzusetzen. Stimmen ertönen aus der Richtung der Türe und wir machen beide einen Schritt zurück, stehen jetzt wieder wie zwei Menschen zusammen, die sich nicht kennen, sich gegenseitig verachten und niemals, aber auch wirklich niemals, eine Verbindung zueinander haben könnten. Meine Freundin ruft indes meinen Namen, lässt mir keine Zeit ihr zu antworten und fasst meine Hand. In meinen Augen stehen Tränen, die dem Mädchen gewidmet sind, das mir noch immer gegenübersteht, die Welt nicht mehr begreifen kann und ihre Voreiligkeit endlich bereut. Genauso wie ich also. Auch sie wird von ihrem Partner an der Hand genommen, ihre Tränen gelten mir und ihr Zustand endet in einer Unerträglichkeit für mich. Wir sehen uns an, werden durch brutalen Sanftmut auseinandergerissen und gehen getrennter Wege. Ich weine, stolpere kurz, hinter mir geht ein Weinglas zu Bruch und ein kurzer Schrei ist zu hören.

„Mach dich nicht lächerlich", vernehme ich eine Stimme zu ihr sagen.

„Ich bin froh, dich zu haben", höre ich meine Freundin sagen.

Cornelius J.: Geboren 1998; jedes Schuljahr Jahrgangsbester; hat 2017 seinen Abschluss am Gymnasium gemacht; ist mit einem sorglosen Mädchen leiert

Katharina K.: Geboren 1999; jedes Schuljahr Jahrgangsbeste; macht 2018 ihren Abschluss am Gymnasium; ist mit einem drogenabhängigen Jungen ihres Alters leiert

# ILLUSORISCHE MÄTOPIE

Ihr Lächeln thront auf der Titelseite. Mein einziger Grund Magazine dieser Art zu kaufen. Wüsste sie, dass ich diese Zeitschrift nur ihretwegen gekauft habe, wäre ihr das sicherlich ein weiteres Lächeln wert. Meine Mutter erkundigt sich nach meinem Grund, dieses „überteuerte Schundblatt" zu kaufen. Ich winke beleidigt ab und gehe. Sie hat sie nicht erkannt. Das ist wieder einmal typisch. Wahrscheinlich weiß sie nicht einmal wer sie ist, scherze ich wissend, dass sie sehr wohl über ihre Existenz Bescheid weiß. Natürlich tut sie das. Wer kennt sie nicht? Manchmal habe ich das Gefühl, dass sie in meinen Kreisen nicht erwünscht ist, dass sie nicht zu uns passt und sie generell von niemandem außer mir gemocht wird. Das stimmt so nicht, aber ich rede es mir ein. Immer und immer wieder. So komme ich besser damit zurecht, dass sie mit anderen Männern gemeinsam auf sämtlichen Zeitschriften abgebildet ist und im Gegensatz zu mir wenigstens mittelmäßigen Erfolg in dem verzeichnen darf, was sie tut. Sie hat sogar Fans. Es werden immer mehr. Täglich durchforste ich sämtliche Profile in sozialen Netzwerken, um herauszufinden, wer ihr seit Kurzem wieder folgt. Letzte Woche war sogar Marvin dabei, mein Schulkamerad. Mehr oder weniger forsch, aber trotzdem noch vorsichtig, habe ich ihn daraufhin am nächsten Tag zur Rede gestellt und keineswegs erfreuliche Neuigkeiten erfahren. Er, sowie viele andere Mitschüler aus meiner Klasse finden jetzt Gefallen an ihr. In gewisser Weise ist das eine Ironie. Aber wie könnten sie auch wissen, dass sie bereits vergeben ist. Wahrscheinlich würden sie es nicht glauben wollen oder können, hätte ich den Mut dazu, es ihnen zu sagen. Meiner Cousine habe ich davon erzählt und obwohl diese sie davor gar nicht gekannt hat, hat sie mich minutenlang ausgelacht und mir versichert, dass ich tatsächlich in der Lage sei, die amüsantesten Geschichten von allen, die sie ihre Bekannten nennen darf, zu erzählen. Und ich? Ich bin neben ihr gesessen, habe verlegen meine Uhr nach der Zeit befragt und gekränkten Stolzes angefangen, meine Finger nervös auf dem Glastisch vor mir schwächlich tänzeln zu lassen. Es scheint, als hätte wirklich jeder etwas gegen unsere Liebe. Sogar Zeitungen bemühen sich stets, nichts von uns zu erwähnen, was mich manchmal zutiefst kränkt. Meistens bin ich aber froh darüber. Es muss schließlich nicht jeder davon wissen. Im Prinzip reicht es ja schon, wenn wir beide es wissen. Ich bin stolz darauf, sie zu lieben. So stolz wie ein Junge in meinem Alter nur sein kann.

Ein gerahmtes Bild steht auf meinem Schreibtisch und wartet wie jeden Tag darauf, in die Hand genommen und genauer betrachtet zu werden. Ich hätte ein Bild rahmen lassen sollen, auf dem wir gemeinsam abgebildet sind. Dann wäre ich nicht, so wie in diesen Minuten, auf die Idee gekommen, daran zu zweifeln, dass sie tatsächlich mein Mädchen ist. Aber mein Glück ist wahrlich nur schwer zu begreifen und über jedes Maß hinaus unglaublich. Es ist ein schönes Bild, wenn nicht sogar das schönste. Ihr angedeutetes, aber nicht wirklich existentes Lächeln gleicht dem meinigen beim bloßen Betrachten. Ihr Haar leuchtet dunkelblond bis brünett. Die weiße Bluse ist bis zum Kragen hin zugeknöpft und links und rechts ihrer dunkelgrünen Augen fällt jeweils eine Strähne goldenen Haars sanft bis hinter die zarten Ohren aus der lässig und zugleich straff nach hinten gerichteten Steckfrisur. Sie würdigt dem Betrachter dieses Bildes keinen direkten Blick, sondern wendet sich bewusst von ihm ab und verkörpert damit eine Gleichgültigkeit, die unerträglicher nicht hätte sein können. Zudem verteufelt dieser Gesichtsausdruck jegliche Triebe, jede Unartigkeit und jede Form des Infantilismus. Ein Hauch Arroganz schwingt selbst in ihrem Lächeln mit. Die Zaghaftigkeit aber, die sie tatsächlich in sich trägt, bleibt verborgen, was das Verlangen nach ihr, nach ihrer Überlegenheit und ihrer milden Härte zusätzlich unerträglich macht.

Um mich auf keine Diskussionen einlassen zu müssen, verstecke ich das Bild wenigstens heute in meiner Schreibtischschublade. Schweren Herzens lege ich es neben meine Sammlung an Füllern, wo nicht zufällig ein Platz, gerade groß genug für das Bild, schon vorbereitet ist.

Ich muss schmunzeln. Offiziell bin ich dieses Wochenende mit einer Freundin in Frankfurt. Wer diese Freundin ist, weiß aber niemand. Deshalb wurde darüber am Freitag auch schon heftig in meiner Klasse diskutiert, mein Profil nach Mädchen durchforstet (was keine Ergebnisse gebracht hat, da weder ich sie noch sie mich aus Gründen der Geheimhaltung abonniert hat) und wüste Vermutungen aufgestellt. Niemals würde ich freiwillig nach Frankfurt fahren, aber das weiß Gott sei Dank niemand. Nicht einmal Marvin. Jede Woche erfinde ich eine andere Ausrede, um nicht zu sämtlichen Partys mitgeschleppt zu werden, die meine Mitschüler wöchentlich glauben, veranstalten zu müssen. Was haben sie denn in Wirklichkeit zu feiern? Nüchtern (im doppelten Sinne) betrachtet darf man als Außenstehender vermuten, dass es sich dabei lediglich um eine Kompensation des eigenen Versagens handelt. Schließlich klingt es besser, wenn man behauptet, sich das Gehirn durch Alkohol aus dem Kopf gegossen zu haben, als wenn man sich eingestehen müsste, dass selbst ohne Alkohol keine Kapazitäten vorhanden gewesen wären.

Der Tag neigt sich seinem Ende zu und ich warte sehnsüchtig darauf, dass der Mond die Sonne vom Abendhimmel verdrängt. Lektüre jeglicher Form hilft gewöhnlich dabei, sich die Zeit zu vertreiben. Auch sie hat das einmal gesagt, also höre ich mir eine Vertonung Emilia Galottis an. Nicht irgendeine Vertonung, sondern die, deren Glanz nur durch ihre Stimme zur Geltung kommt. Nicht einmal Lessing kann ich mir zu Gemüte führen, ohne dabei in Verrücktheit nach ihr zu geraten. Sie sorgt mit ihrer dramatischen, ausgebildeten Stimme dafür, dass mir die Haare zu Berge stehen und ich nur mehr auf den Wohlklang der Laute selbst achte. Nicht mehr auf den Inhalt. Mir ist der Inhalt auch nicht unbekannt, weshalb ich mich jetzt auf den Genuss konzentrieren kann, ihr zu lauschen. Ihre Betonungen sind wohl getroffen, kein Laut, kein Satzzeichen überhörbar. Sie hat wahrlich eine Gabe, die nur sehr wenigen Menschen zuteilwird. Wer außer mir weiß überhaupt, dass sie diejenige Person ist, die sich hinter dieser Stimme verbirgt. Die wenigsten, so hoffe ich, da ich mich erst dann wieder beruhigt zurücklehnen kann. Hat sich schon jemals ein Mensch in die Stimme eines anderen verliebt? Mir kommt es so vor, als wäre ich einer der Ersten. Es ist, als stünde sie jetzt schon neben mir. Aber ich muss mich noch gedulden. Es wird heute wieder spät werden. Das hat sie mir schon in der Früh versichert und mich auf irgendwann, nachdem alle anderen schon ins Bett gegangen sind, vertröstet. Ich muss meistens so lange warten, das ist nichts Neues mehr für mich, obgleich es auch immer noch nichts ist, woran ich mich gewöhnt habe und jemals gewöhnen werde. Sie selbst wohnt circa zweihundert Kilometer von mir entfernt in einer Stadt, die ich bis jetzt noch nicht kenne. Irgendwann einmal, sage ich mir jeden Tag, werde ich sie dort besuchen. Dann wird sie länger bei mir sein, als nur die wenigen Stunden in der Nacht. Denn in der Nacht habe ich nicht besonders viel von ihr.

Meine Mutter geht ins Bett und mein Vater tut es ihr gleich. Ich weiß, dass ich jetzt nicht mehr lange auf sie warten muss. Ich beende meine tägliche Literatureinheit und lege mich ins Bett. Auf das leise Klopfen an meiner Tür habe ich den ganzen Tag gewartet, seit sie mich in der Früh verlassen hat. So schnell wie möglich öffne ich ihr die Tür und bitte sie, von Vorfreude erfüllt, herein. Ich finde keine Worte. Ihr schwarzes Kleid passt ihr wie angegossen. Ein Meer an Gefühlen überschwemmt das Knistern des Feuers im Kamin. Wie immer begibt sie sich nach einem langen, innigen Kuss, ins Bad, zieht sich um und kommt in einem weißen Nachthemd wieder zurück. Das Satinnachthemd wirft leichte, ihrer Figur jedoch schmeichelnde, Falten. Es ist keineswegs zu freizügig, sondern anständig und unschuldig wie immer. Wie jeden Tag seit knapp zwei Jahren. Sie wechselt ihre nächtliche Bekleidung oft, der Stil bleibt aber stets derselbe. Geschmackvoll und schwebend barfuß betritt sie das Zimmer und rührt mich zu Tränen. Die Stärke, die man aus sämtlichen Interviews zu kennen glaubt, schwindet zunehmend. Von kindlicher Niedlichkeit bleibt aber auch keine Spur. Erst recht nicht, als sie die Träger ihres Satinnachthemdes langsam an ihrer Schulter hinabgleiten lässt. Das letzte Stückchen Stoff, das sie am Körper hatte, fällt zu Boden. Durch einen geschickten und unglaublich verführerischen Schritt entkommt ihr Fuß dem Stoff. Wehrlos, allerdings trotzdem ohne jegliche Furcht steht sie vor mir und führt meine Hände um ihren Hals.

Sehnsüchtig versinke ich durch Küsse in den leicht gelockten Haaren. Ihre dunkelgrünen Augen glänzen. Sie beginnt zu weinen. Meine Arme fest um sie geschlungen, versuche ich ihr die Tränen von den rötlichen Wangen zu wischen. Unverständliche Worte brechen ihre Lippen.

„Jetzt bist du ja noch bei mir, meine Liebe", flüstere ich zuversichtlich, ihre Haare sanft aus dem Gesicht streifend. Ihre Zaghaftigkeit lässt mich erzittern. Immer wieder stellt sich mir die Frage nach dem richtigen Verhalten in solch einer Situation, aber ich finde schlichtweg keine passende Antwort darauf. Sie sagt nichts, weint nur und weint noch bitterlicher als zuvor. Schlussendlich ertappe ich mich, als ich anfange es ihr gleichzutun und wir beide, weinend, uns umarmend dastehen.

„Irgendwann, meine Liebe, wirst du jemanden finden, der deiner würdig ist. Irgendwann, meine Liebste, wirst du jemanden an deiner Seite wissen, der sich nicht von deiner Bekanntheit abhalten lässt, dich anzusprechen. Und irgendwann, meine Geliebte, wirst du jemanden finden, der dich genauso sehr liebt, wie ich dich liebe." Wissend, dass all das nicht wahr ist, nie eintreffen kann und wird, lasse ich sie schweren Herzens stehen, lege mich ins Bett und weine solange, bis mir mein Polster zu nass wird, um darauf zu schlafen und ich ihn unsanft auf den Boden werfe. Dabei bemerke ich, dass sie nicht mehr neben mir steht und drücke meinen Kopf tief in die Decke. Jeden Tag freue ich mich aufs Neue, sie in der Früh neben mir liegend zu sehen, ihr einen Abschiedskuss zu geben und sie dann bis zum Abend zu vermissen. Ich stehe auf, weil ich weiß, dass ich sie am Abend, abseits der trübseligen Alltäglichkeit, wiedersehen werde. Und für eine ganz kurze Zeit, deren Dauer ich nicht genau bestimmen kann, werde ich am Abend wieder glücklich sein, bis mich der Schatten der Realität einmal mehr einholt.

Jonas F.: Geboren 2000; bis heute verliebt in die Nachwuchsschauspielerin Lisa V.; offiziell glücklich an ein Mädchen aus Deutschland vergeben – abseits seiner Klassenkameraden todunglücklich

Lisa V.: Geboren 1997; erzielte im Jahr 2014 ihren ersten großen Erfolg als deutsche Nachwuchsschauspielerin; bis heute auf der Suche nach dem einen liebenswerten Partner – abseits der Öffentlichkeit todunglücklich

# ABSTRAKTE REALITÄT

Seit über zehn Stunden schon warte ich auf ein Lebenszeichen, einen Hinweis oder einfach eine Antwort. Peinlich berührt betrachte ich die Nachrichten – sechs Stück an der Zahl – auf meinem Handy. Eigentlich hätte ich mir all das sparen können und sogar müssen, aber ich musste ja unbedingt auf meine Freunde hören. Ein Fehler, der mir sicherlich nicht noch einmal unterlaufen wird. Ich muss kurz lachen, denn eigentlich kann mir all das gar nicht noch einmal passieren. Schließlich hat man bei jedem Menschen nur eine Chance, den ersten Eindruck möglichst gut zu prägen. Daran bin ich wohl kläglich gescheitert. Die Milch, die ich vor unzähligen Minuten auf den Herd gestellt habe, geht über, verdampft mit einem durchdringenden Zischen und hinterlässt einen hässlich gelben Fleck auf der Kochplatte. Das ist heute mein geringstes Problem, denke ich kurz. Eigentlich sollte ich mich jetzt auf dem Weg nach … ja wohin eigentlich … befinden. Lissabon, Mailand oder Madrid? Ich weiß es nicht mehr. All das, was nicht mit ihr zu tun hat, ist wie aus meinen Gedanken gelöscht. Das heißt eigentlich, dass ich fast gar keinen Gedanken mehr an etwas verschwenden kann, das ihrer nicht würdig ist. Es wirkt spöttisch ihr Lied, das Lied, das Millionen zu Tränen rührt aus Einfühlsamkeit heraus, im Radio zu hören. Schließlich ist sie die Demonstration dessen, was das genaue Gegenteil eines einfühlsamen Menschen darstellt, der Herzlichkeit verbunden mit tiefsten Emotionen ausstrahlt. Ich weiß alles über sie, aber sie nicht das Geringste über mich. Trotzdem lässt sie meinen jämmerlichen Versuch, mich ihr zu nähern, an einer Wand gespielter Selbstsicherheit abprallen, ohne mit der Wimper zu zucken, an Konsequenzen für mich zu denken oder diese Grausamkeit ihrerseits zu besingen. In Wirklichkeit hat aber auch sie, so wie jeder andere Mensch auch – und ja, sie ist nur ein Mensch wie ich – das Bedürfnis eine Person in ihrem Leben zu wissen, die sie so gut wie nur irgend möglich, zu unterstützen und verstehen versucht. Je mehr ich daran denke, dass auch sie nur ein Mensch wie jeder andere ist, desto jämmerlicher komme ich mir vor, an diesem schier einfachen Unterfangen gescheitert zu sein. Eigentlich weiß ich ja, dass sie meine Nachrichten nur nicht gelesen hat, weil sie prinzipiell davon ausgeht, dass diese, an sie adressierten Nachrichten, von Fans aller Art, stammen, die es mitunter nicht immer gut mit ihr meinen. Wahrscheinlich wäre ich genauso ignorant und würde nichts mehr an mich heranlassen, wäre ich so bekannt wie sie. Wissend, dass ich mir jede Nachricht zumindest annähernd durchlesen würde, ehe ich sie lösche, mache ich mich auf den Weg zu der Cocktailbar, die zwei Straßen von meiner Wohnung entfernt ist.

Nicht um mich zu betrinken, wie ein Freund einst geglaubt hat, da er sich schlichtweg nicht vorstellen konnte, dass man eine Bar auch aus anderen Gründen aufsuchen kann. Zum Beispiel um sich bei einem antialkoholischen Cocktail auf andere Gedanken bringen zu lassen, indem man den Problemen anderer Menschen lauscht, die sich lautstark über ihr Liebesleben austauschen. Als ich diesen „Weisheiten" anderer Gäste so lausche, muss ich wieder an sie denken. Niemals würde sie solch einen Blödsinn in die Welt setzen. Sie ist im Vergleich zu den Menschen, die ich in meiner normalen Umgebung genießen darf, derart von tiefgründigen Gedanken geprägt, dass mein Verstand in Anbetracht dessen in Selbstzweifel zu versinken droht. Es wird am Nebentisch über zahlreiche nächtliche Erfahrungen gelästert, woraufhin ich mich verstört und leicht angegriffen wegdrehe. Wie kann man nur so leichtsinnig mit den Gefühlen anderer Menschen umgehen, ist eine Frage, die ich mir immer und immer wieder stelle. Diese Frage verfolgt mich schon, seitdem ich meine letzte Freundin verlassen habe. Alles nur für sie, fällt mir wieder ein, als die ersten Klaviertastenanschläge ihres Liedes zu hören sind. Auch noch in meiner kleinen, infantilen Gefühlswelt verletzt, möchte ich gerade aufstehen, als sich mein bester Freund, Jonas, nicht ohne ein Glas in der Hand gegenüber von mir auf den Stuhl setzt.

„Was machst du denn hier? Dich hab' ich hier ja gar nicht erwartet", fängt er an. Anscheinend hat er noch nicht viel getrunken, sonst wäre ihm das Aussprechen dieser Sätze deutlich schwerer gefallen.

„Ich muss mich ein wenig ablenken."

„Dann soll ich dich lieber allein lassen?", erkundigt er sich verständnisvoll nickend.

„Du kannst ruhig bleiben, gehen wir aber auf die Terrasse. Die Musik ist im Moment nicht wirklich vorteilhaft."

„Du hast sie also wirklich angeschrieben oder hast du dich nicht getraut?", hakt er nach.

„Hätte ich mich nur nicht getraut", flüstere ich mehr mir selbst zu als ihm, während ich mich an das Geländer der Dachterrasse lehne und den unbekümmert in die Tiefe stürzenden Schneeflocken zusehe. Das Beste, so denke ich, wäre es, ihnen zu folgen. So als hätte er das mitbekommen, klopft er mir kurz auf die Schulter: „Es gibt tausende Frauen, die mindestens genauso gut aussehen wie sie. Da bin ich mir ganz sicher. Und sobald sie anfängt, dich zu verletzen, ist sie es meiner Meinung nach nicht mehr wert. Liebe kennt keine Grenzen, aber die sollte sie kennen. Eine davon ist die Grenze vor dem Untergang. Bevor sie dich zerstört oder in die Tiefe zieht, sollte diese Sache ein für alle Mal beendet werden."

„Diese Frauen gibt es. Da stimme ich dir zu, aber keine davon ist wie sie. Sie weckt in ihren Worten eine unbeschreibliche Hoffnung, die alle anderen Frauen getrost zu zerstören wissen. Und diese Grenzen kennt Liebe nicht."

„Es ist kalt. Gehen wir lieber hinein."

„Es lässt mich sowieso schon jeder Gedanke an sie vor Kälte erzittern. Ich bleibe hier."

„Aber nicht mehr allzu lange. Da drinnen sind schöne Frauen ohne Ende und du willst keine einzige davon kennenlernen?", sagt er zur Tür zeigend.

„Ich möchte die Frau kennenlernen, der ich vor zwölf Stunden eine Nachricht geschickt habe, die sie bis dato nicht einmal noch gelesen hat."

„Und wenn ich dir sage, dass du wirklich etwas verpasst?" Ich schüttle den Kopf und einige Sekunden später erwachen auch die Lautsprecher im Außenbereich aus der Ruhe. Sie singt von Vertrauen, Frieden ihrerseits und erfundenen Träumen, die zerplatzen, sich in Luft auflösen und nicht erwiderter Liebe. Von Sarkasmus gezeichnete Ironie jagt einen Gedanken um den anderen, entpuppt sich als Lüge der bedrohten eigenen Existenz und nistet sich als böser Nebengedanke in allen, je an sie verschwendeten Gedanken, unbemerkt im Gedächtnis ein. Dass sie verschwendet sind, wird mir erst so richtig bewusst, als ich ihr Profil nicht mehr aufrufen kann, womit bestätigt ist, dass sie mich blockiert hat und das, wie ich an der Nachrichtenanzeige erkennen kann, ohne je ein Wort von mir gelesen zu haben. Auf Nachfrage, was ich ihr denn geschrieben hätte, gebe ich ein leises Murren zurück, um nicht dazu genötigt zu werden, von meinen einzig und allein für sie verfassten Liedtexten und Kurzgeschichten erzählen zu müssen. Es bleibt die Frage, ob es etwas geändert hätte, wären ihr diese Texte zum Lesen in die Hände gefallen. Vielleicht, so überlege ich, wäre ihr Gewissen für wenige Sekunden etwas beeinträchtigt gewesen, bevor sie den einzig richtigen Weg ihres Fingers zum „Blockieren"-Button gefunden hätte. Wahrscheinlich hätte es mich noch mehr geschmerzt, trotzdem keine Möglichkeit zur Kontaktaufnahme zu finden. Ich schwöre mir das Video zum letzten Mal anzuschauen, während ich mein Handy aus der Tasche ziehe.

Darin trägt sie mein Lieblingslied in einem sonst menschenleeren Raum vor. Am Klavier sitzend, kommt ihre grüne, samtähnliche Bluse mit weißen Ärmeln, die nicht ohne Verzierungen in Form von Blumen auskommen, nur schwer zur Geltung. Umso besser dafür aber die perfekt sitzende Jeans, deren Enden leicht umgekrempelt sind, wodurch die blassen Knöchel zum Vorschein kommen. Ihren linken Ellenbogen ziert ein Armreif, die meisten Finger sind mit jeweils einem Ring versehrt. Ohne ihren dunklen Nagellack würde die Blässe ihrer zarten, zerbrechlich wirkenden Finger ihren Anreiz verlieren. So als würde ihr all das, was in den Zeilen passiert, wirklich zustoßen, wirkt sie bekümmert und betroffen. Fast ohne die Augen zu öffnen, trifft sie jede Taste mit einer eisernen Präzision, die für mich ihre, in Stein gemeißelte, Unerreichbarkeit einmal mehr zeigt. Ihre gebückte, fast niedergedrückte Haltung lässt einen den Wunsch verspüren, sie aus dieser unbequemen Position zu befreien. Alles wirkt so, als würde sie sich mit diesen Worten den Kummer von der Seele singen, der ihr in Wahrheit nie zugestoßen ist.

John T.: Geboren 1997; gestorben 2019 an den Folgen eines Sturzes von der Dachterrasse einer Cocktailbar; drei Tage nach seinem Tod wurde eine Nachricht von Jasmine B. an ihn gesendet, in der sie seine Geschichten aufs Höchste lobt und ihn bittet, sie zu treffen

Jasmine B.: Geboren 1996; hat unwissentlich den Tod jenes Mannes zu verantworten, den sie nur aufgrund seiner, für sie verfassten Texte, zu lieben gelernt hat, nachdem ihr Manager sämtliche Nachrichten blockiert hat; gestorben 2021 an den Folgen einer selbstzugefügten Schnittverletzung; ihr Todestag ist zwei Tage, nachdem sie erfahren hat, dass John T. sich ihretwegen das Leben genommen hat, zu datieren

# KRITIK DER WOLKENLOSEN ZUKUNFT

Stadt der unerfüllten Träume und der Bestrebungen, jemand zu sein, der man in Wahrheit nicht ist. Ich stehe im Schatten unter dem Pier, wo sich die meisten Menschen nicht mehr bemühen hinzukommen. Der Sand ist unter freiem Himmel viel wärmer und wesentlich angenehmer auf den Füßen. Im Schatten friert man selbst bei erträglichen 20 Grad noch, nicht zuletzt auch deshalb, weil das Wasser sein Übriges tut. Durch beachtliche Wellen wird sogar mein weißer, halbdurchsichtiger Umhang getroffen. Die Sonne steht tief, dem Untergang nahe. Am funkelnden Strand tummeln sich vereinzelt immer noch Frauen in Bikinis und Männer in Badehosen im Wasser, werden vom Wind aber bald wieder aus dem Meer gelockt und laufen, teilweise kichernd, ihren Badetüchern entgegen. Eine trügerische Idylle, der sich nicht viele bewusst sind. Als hätten diese Menschen nie Sorgen gehabt und würden in Zukunft nie welche erfahren müssen, planschen sie unbekümmert im Wasser herum, als wären sie noch Kinder. Einmal noch würde auch ich gerne diesen unbekümmerten, infantilen Blick auf die Welt und das, was sie ausmacht, haben. Ich müsste mir keine Gedanken um diejenigen machen, die ich mit einem einzigen Wort zu verletzen wüsste, und hätte nicht einmal eine Ahnung, was gesellschaftliche Werte sind. Ich bräuchte mich nicht um die Zukunft kümmern. Essen würde mir bereitgestellt und zum Trinken müsste ich ermahnt werden. Ob meine Präsenz einen positiven oder negativen Eindruck hinterlässt, könnte ich getrost ignorieren. Mein größter Wunsch wäre es das Spielzeug meiner Begierde in Händen zu halten und nicht den unauffindbaren Partner zu finden, der mich tröstet, wenn ich wieder einmal daran scheitere, etwas in der Welt zu verändern, was man nicht verändern kann, weil es die Grenzen des menschlichen Verstandes verbieten. Eigenständigkeit und Selbstvertrauen? Was wären das für Wörter außer solche, die ich nicht aussprechen könnte und noch weniger zu verstehen wüsste? Niemand würde mir sagen, dass es nicht einfach ist, das Richtige zu tun. Niemand würde es je wagen, mich daran zu erinnern, dass ich mein Lebensziel nicht erreichen werde, weil es die Grenzen des Möglichen überschreitet. Ernüchtert stelle ich fest, dass ich kein Kind mehr bin.

Ich habe heute auf jegliche Begleitung verzichtet – aus Rücksicht auf mich selbst. Ich komme sehr gut allein zurecht, ohne andere Menschen, die mir einreden wollen, mich schon lange genug zu kennen und sich deshalb anmaßen zu wissen, dass mir das Alleinsein nicht guttue. Ich mache mich barfuß auf den Weg zurück zur Straße. Auf halber Strecke fällt mir ein, dass ich meine Schuhe irgendwo unter dem Pier abgestellt habe und mache mir nicht mehr die Mühe zurückzukehren, in dem Wissen, dass ich sie ohnehin nicht finden würde. Auf dem Gehweg angekommen, sehen mich die ersten Passanten an, als würde ich nicht zu ihnen gehören. Keine von ihrer Art sein.

Ich fühle mich beobachtet. So als würde mich jeder Vorübergehende und auch diejenigen, die nicht vorübergehen, sondern verlassen irgendwo herumstehen und sich um nichts Anderes kümmern als sich selbst, ganz genau mustern. Ich weiß nicht mehr, wohin ich meine Hände noch geben soll. In die Hosentasche oder lieber in die Tasche des Umhangs? Das geht nicht, ich habe nur eine Tasche. Oder soll ich so tun, als würde ich etwas in meiner Handtasche suchen? Nein, das geht auch nicht. Was soll ich nur machen? Peinlich berührt greife ich mit einer Hand auf meine Halskette und die andere versenke ich flink in einer Hosentasche. Das sieht aber auch befremdlich aus, wenn ich es die ganze Zeit lang mache. Die Blicke haften an mir, kleben unbarmherzig und wollen sich nicht mehr lösen. Wahrscheinlich starren mich alle nur so an, weil ich unglaublich nervös wirke. Ich bin es auch. Eine Frau rempelt mich von hinten an und steigt mir auf die Zehen, weshalb ich einen Schmerzensausruf nur schwer unterdrücken kann. Das wäre zu peinlich, versichere ich mir, als ich überlege, ob es nicht gerade merkwürdig ist, wenn man nichts sagt, obwohl einem jemand auf die Zehen gestiegen ist. Soll ich einfach so tun, als hätte ich es nicht bemerkt? Das ist auch unglaubwürdig. Sie ist schon weg, Gott sei Dank. Jetzt kommt mir eine Gruppe von fünf Teenagern entgegen. Allesamt sind wahrscheinlich zwei bis drei Jahre jünger als ich, aber trotzdem kommen sie mir unglaublich bedrohlich vor. Sie wirken unglaublich selbstsicher. So selbstsicher, wie ich es immer sein wollte, aber nie war. Was soll ich jetzt machen? Ich kann nicht ausweichen, links und rechts ist kein Platz und in den Sand zu steigen würde auch unbeholfen aussehen und außerdem wahrscheinlich nicht gerade unauffällig sein. Dann glauben sie vermutlich, dass ich Angst vor ihnen habe. Sie kommen näher, ich blicke zu Boden und weiß nicht in welche Richtung ich gehen soll. Deshalb drehe ich wieder um, gehe fast im Laufschritt unter den Pier und mache mich auf die Suche nach meinen Schuhen. Wo bin ich die ganze Zeit gewesen? Fast eine Stunde lang war ich hier, aber ich weiß trotzdem nicht wo genau. Die vielen Pfähle, die in den Boden gerammt sind, um den Steg zu tragen, erleichtern die Suche nicht. Die ersten Vorboten der Dunkelheit kündigen sich an, als ich das Paar verlassen hinter einem der Pflöcke finde und so schnell wie möglich wieder zurück zur Straße gehe. Meine sommerlichen Sandalen wirken unpassend in der Dunkelheit und ich versuche rasch an den Spaziergängern, die mir entgegenkommen, vorbeizugehen. Bei einem hatte ich das Gefühl, Opfer lüsterner Blicke zu sein. Ich drehe mich kurz um und sehe, dass er keinerlei Interesse an mir hat. Was für ein Glück. Ich hasse es, angesehen zu werden. Ich beobachte gerne andere Menschen, aber meine Toleranzgrenze für neugierige Blicke ist schnell erreicht. Toleranzgrenze. Ich muss kurz lachen. Was soll ich denn schon machen, sollte ich einmal einen Blick nicht tolerieren? Wie ich mich kenne, würde ich mich verstohlen davonmachen und zusehen, so schnell wie möglich unbemerkt aus dem Blickfeld zu gelangen.

Einen wunderbaren Blick über die Stadt hat man von hier, denke ich. Jedes Mal, wenn ich allein hier bin, schaffe ich es nicht an diesem Ort vorbeizukommen, ohne die Stadt, das unglaublich lebendige Stadtgeschehen, aus der Ferne auf mich wirken zu lassen. All die Lichter und Menschen, die sich da unten tummeln, liebe ich zu sehen, solange ich mich in sicherer Distanz zu ihnen befinde. Mit dieser Einstellung, die ich Menschen gegenüber vertrete, bin ich allein. Allein ist ein gutes Stichwort. Ich sollte vielleicht nicht so oft allein sein. Dann würde ich weniger nachdenken, würde die Zukunft nicht als notwendiges, aber bitteres Übel ansehen müssen und allgemein mehr Freude am und im Leben haben. Außerdem wäre Melancholie nicht meine tägliche Begleiterin durch Dick und Dünn. Aber vielleicht soll sie ja gerade das sein. Vielleicht muss ich allein sein, um nachdenken zu können. Vielleicht bin ich einfach dazu verurteilt, ein Mensch zu sein, der für sich und sogar für all diejenigen Menschen nachdenkt, die ihren Teil der kritischen Reflexion des menschlichen Daseins vernachlässigen. Kritisch sein heißt weniger zu lachen, weil man hinterfragen muss, worüber man lachen würde und dann nicht mehr darüber lachen kann.

Manchmal wäre ich lieber in Gesellschaft von jemandem, der mich versteht, der sich vielleicht sogar genauso fühlt wie ich. Nicht unbedingt als Partner, aber vielleicht als Freund, mit dem man nicht nur über die banalen Oberflächlichkeiten des Lebens sprechen und Witze reißen kann. Ein Freund, mit dem man sich über all das unterhalten kann, was den kritischen Verstand beschäftigt. Ein Freund, mit dem man über Fragen philosophieren kann, auf die keine Antworten in irgendwelchen Büchern zu finden sind, weil es schlichtweg keine Antworten darauf gibt. Warum, wenn wir annehmen, dass dem durchschnittlichen Menschen, Grenzen gesetzt sind, kann dieser sie nicht akzeptieren? Ist es die Neugierde, der Neid, der Hass oder gar die Vernunft, die uns dazu bringt, auf die Idee zu kommen, Grenzen überhaupt erst überschreiten zu wollen und dieses ewige, bösartige und schmerzliche Verlangen danach zu spüren? Warum haben unterschiedliche Menschen unterschiedliche Grenzen? Warum ist es für den einen schon nicht mehr möglich, die erste Hürde zu bewältigen, die ein anderer vielleicht gar nicht mehr als solche empfindet, weil er es längst geschafft hat, sie zu überwinden? Und warum bin ich einsam, obwohl ich nicht allein bin? Warum ist es eben nicht egal, ob man einsam oder allein ist? Meinen Standpunkt muss ich trotz alledem einmal mit jemandem besprechen können: Allein ist man doch nur, wenn man selbst in der Gesellschaft anderer einsam ist.

Jasmine B.: Geboren 1996; junge Frau aus wohlhabenden Verhältnissen, die für einige Wochen im Jahr allein nach Los Angeles reist

# RESPEKT DER HÖCHSTEN INSTANZ

Sanft lächelt er mich an. Viel glücklicher noch als gestern, vorgestern und vor einem Jahr sowieso steht er vor mir. Er trägt ein Hemd unter dem Mantel. Langsam knöpft er sich den ersten Knopf auf. Bisher hat er noch immer nicht verstanden, dass man den ersten Knopf offenlässt. Er hat so vieles noch nicht verstanden. Seine niedliche Naivität, die er mit gespielter Selbstsicherheit zu verbergen versucht, lässt mich immer gnädig mit ihm werden. Selbst wenn er wieder einmal von einer anderen erzählt, die er irgendwo gesehen hat, verzeihe ich ihm das. Wahrscheinlich ist der Grund für sein Lächeln auch diesmal wieder ein anderes Mädchen. Das interessiert mich aber nicht im Geringsten. Er ist jetzt bei mir. Ich muss immer um jede Minute, die ich mit ihm verbringen darf, kämpfen. Nicht immer einfach, aber er ist es wert. Definitiv. Würde ich näher darüber nachdenken, stünde ich vor einer großen Ratlosigkeit über unsere Zukunft. Er ist wie eine Zierpflanze, die zwar nett anzusehen ist, sonst aber nicht wirklich zu etwas zu gebrauchen ist. Dies könnte man dann vielleicht denken. Gedanken mache ich mir darüber aber nicht oft. Ich habe alles, was ich brauche. Menschen wie ich brauchen nicht viel – ein bisschen Liebe und noch viel mehr Anerkennung.

Lange kann ich ihn betrachten, bevor ich den Gestank, den sein Rasierwasser verursacht, nicht mehr ertrage. Anfangs, im Zustand totaler Trunkenheit, habe ich diesen Duft als sehr angenehm empfunden. Inzwischen brennt er jeden Tag mehr in meiner Nase. Die Gelegenheit reizt mich, der Versuchung ihn auf diesen Fehlgriff hinzuweisen, zu erliegen. Natürlich sage ich nichts. Wie immer mache ich gute Miene zum bösen Spiel. Irgendwann wird er mir einmal dafür dankbar sein, dass ich ihm jegliche Freiheit gelassen habe. Die Beziehung von anderen Paaren zerbricht meist genau daran. Ich weiß nur allzu gut darüber Bescheid. All das ist als wissenschaftliches Ergebnis empirischer Arbeit in meiner Magisterarbeit zu lesen. Niemand durchschaut das Liebesleben von Menschen wohl so gut wie ich. Schließlich ist genau das mein Spezialgebiet. Wahrscheinlich ist auch das der Grund dafür, dass unsere Beziehung als durchaus intakt bezeichnet werden kann.

Überlegen lächelt er auf eine sehr verschlagene Weise. Ich kenne dieses Lächeln noch nicht. Manchmal überrascht selbst er mich noch. Nicht wirklich in einem positiven Sinne, aber immerhin. Was mag es wohl verheißen? Wahrscheinlich möchte er mich darum bitten, ihm den Knopf seines Hemdes wieder zu schließen. Fragend ziehe ich eine Augenbraue hoch. Er schüttelt kurz verständnislos den Kopf. Eine sehr unübliche Geste. Auch sie ist mir neu. Es erwarten mich heute wahrlich viele Überraschungen. Wir gehen in Richtung des Parks. Seine Hand entgleitet der meinigen immer wieder geschickt, um in der Öffentlichkeit nicht unsere Beziehung preiszugeben. Er glaubt, ich hätte es bis dato nicht bemerkt. Er irrt sich abermals. Natürlich fällt mir auch das jedes Mal auf. Er bricht die Stille: „Glaubst du an die wahre Liebe?"

„Ein Ausdruck, der kreiert wurde, um ihn zu vermarkten. Sämtliche Bücher, Filme und Werbungen leben davon. Nichts weiter als ein Kunstbegriff."

„Der Tau auf den Blättern lässt sie so aussehen, als würden sie weinen. Traurig, findest du nicht?"

„Was ist schon Traurigkeit?"

„Ein Gefühl, das mich tagtäglich durchs Leben begleitet."

„Ist dem so? Im Moment siehst du ganz und gar nicht danach aus."

„Im Moment sehe ich ganz und gar nicht danach aus. Das stimmt." Ein kurzes Lachen kann er sich nicht verkneifen.

„Warum hast du jetzt gelacht?", hake ich verständnislos nach.

„Manchmal habe ich das Gefühl, dass du mir das Lachen nicht vergönnst."

„Wenn es auf meine Kosten vonstattengeht, dann hast du damit absolut recht."

„Ich befürchte, dass dies in Zukunft wohl öfter, um nicht zu sagen immer, vorkommen wird."

Der Himmel verdunkelt sich. Auf meine Empfehlung hin, so schnell wie möglich das Weite zu suchen, gehen wir etwas schneller als vorher. Seine Hände stecken tief in den Manteltaschen. Ich strecke meine Hand in seine Richtung aus. Er sieht sie nur kurz an, um dann wieder stur geradeaus gen Himmel am Horizont zu blicken. Ein Sturm zieht auf. Mir ist kalt, obwohl ich dick angezogen bin. Ich schaudere. Die zwischen den Wolken hervorblinzelnde Sonne brennt in den Augen. Sie brennt mir mit ihrer letzten Kraft auf die Stirn. Genauso wie ich scheint sie zu versuchen ihren letzten Glanz zu verteidigen. Meine Augen brennen. Die Sonne ist schon wieder hinter den Wolken verschwunden – trotzdem brennen meine Augen immer stärker. Wahrscheinlich ist es der Wind, rede ich mir ein. Die Wolken fegen immer schneller über den Himmel. Die Sonne lässt sich nicht mehr blicken. Meine Absätze bleiben immer wieder in den Spalten zwischen den Pflastersteinen hängen. Unbeeindruckt geht er neben mir und mit unverändertem Tempo weiter. Ich habe Probleme mit ihm Schritt zu halten. Inzwischen geht er schon mindestens zwei Meter vor mir. Der Himmel über unseren Köpfen wird immer schwärzer. Unbeschwert behält er sein Tempo bei. Grauenvoll zuckt ein Blitz über den Himmel. Es graut mir nicht nur vor dem Blitz. Auch er erschreckt mich mit seiner Gleichgültigkeit. Meine Augen werden feucht, als er sich einmal kurz umdreht, nach mir sieht und dann weitergeht. Mein Schal verliert den Halt und liegt am Boden. Ich stolpere darüber. Seitlich liege ich neben meinem Schal am Boden. Die Steine sind glatt und ich kann nicht aufstehen. Es regnet inzwischen in Strömen. Unbekümmert geht er davon. Aber er hat mich am Boden liegend, weinend, schreiend, verzweifelnd gesehen. Mein Kopf sinkt zu Boden. Ich rolle mich zusammen, als würde ich in meinem warmen Bett liegen. In seinen wärmenden Armen. Aber ich liege am Straßenrand, weinend, richte mich auf und schlage mit aller Kraft und beiden Fäusten so fest wie nur irgend möglich auf die harten Steine. Es dauert nicht lange, bis meine Hände von dichten Blutströmen übersät sind. Der Regen wäscht das Blut aber immer wieder von meinen Händen. Egal wie oft ich das wiederhole. Immer wieder sehen meine Hände gesund aus, so wie immer, bis sich eine größere Wunde auftut. Ich habe Schmerzen. Er ist schon längst auf und davon. Ich liege im Dreck, am Boden gemeinsam mit Müll. Wie Abfall. Ich bin Abfall. Plötzlich wird mir heiß. "Ich muss meinen Mantel ausziehen" ist mein erster Gedanke. Der graue Mantel liegt jetzt neben dem gelben Schal und neben mir. Mir ist abwechselnd warm und kalt.

Wie lange ich da gelegen bin, bis er zurückkommt weiß ich nicht. Er geht zuerst nur an mir vorbei, ohne mich zu beachten, dann dreht er um, stellt sich neben mich, und sieht mich verachtend mit einem abscheulich grausamen Blick an. Ich ertrage es nicht, so von ihm angesehen zu werden. Schnell wende ich mich von ihm ab. „Du kannst dann wieder vom Boden aufstehen, sonst belästigst du noch andere Menschen abgesehen von mir."

„Bist du zurückgekommen, um mir das zu sagen?"

„Um ehrlich zu sein: Ja", leicht angewidert.

„Wie oft schon habe ich dich in der Nacht zugedeckt, wenn dir kalt war? Wie oft schon habe ich dich aus sämtlichen prekären Situationen gerettet, aus denen du es wahrlich gar nicht verdient hättest, gerettet zu werden? Wie lange schon liebe ich dich?"

„Ich dachte, wahre Liebe sei ein Kunstbegriff."

„Du verstehst nichts."

Luftschlösser stürzen ein. Ich liege ihm zu Füßen. Das weiß er. Er ignoriert mich mit einer abwertenden Geste und wendet sich zum Gehen. Ein flehender Blick jagt seinen verachtenden Augen nach. Er liebt mich nicht mehr. Er hasst mich. Er verachtet mich. Seine Fremdheit ist jetzt mehr denn je spürbar. Jahrelang habe ich ihn getröstet, an die Stelle seiner Tränen ein Lächeln gestellt und jetzt wandelt er mein Lächeln zu Tränen. Tränen laufen an meiner Wange herab. Er leugnet unsere gemeinsamen Erinnerungen. Er leugnet sein Glück. Ich friere. Es ist Herbst. Bald wird der Winter kommen. Wie werde ich dann erst frieren? Diesen Winter wird er nicht in meiner Türe stehen. Er wird an anderen Türen um Einlass bitten. Meine Tür wird aber trotzdem offenstehen. Dadurch werde ich noch mehr frieren. Denn sie wird nur für ihn offenstehen. Ein Windstoß um den anderen wird versuchen, sie zu schließen. Sogar der Sturm wird es besser mit mir meinen als er. Er aber wird diese Tür nie wieder betreten, obwohl er jederzeit die Möglichkeit dazu hätte.

Katharina L.: Geboren 2002; gestorben Oktober 2019 an den Folgen einer Lungenentzündung

Alexander Ü.: Geboren 2001; gestorben November 2019 an den Folgen einer Alkoholvergiftung

# DEIN GOLDENES HAAR SULAMITH

Die infantile Unschuld, die ihre leicht verzweifelnden Augen säumt, lässt die Hoffnung erwachen, dass ihr ein, wenn auch nur kurzes, Lächeln über die Lippen blitzt. Eine zunächst unerfüllte Hoffnung. Ihre schlanken Arme bereiten geschäftig mit verantwortungsvollen Gesten den Tisch des Verkaufsstandes vor, an dem sie gemeinsam mit zwei anderen Mädchen postiert ist. Ein politischer Verein, der sich auch religiös engagiert vermute ich. Oder wohl doch genau umgekehrt. Für Politik ist sie wohl eine Spur zu harmlos. Aber wer weiß? Vielleicht unterschätze ich ihr politisches Engagement und sie verkauft in Wahrheit nicht nur Limonaden, sondern auch ihre Seele an dubiose Machenschaften. Das würde allerdings nicht zu ihrer Erscheinung passen. Aber vielleicht ist sie ja wirklich zumindest genauso interessiert an den politischen Vorgängen in unserem Land wie ich. Das ist für unser Alter allerdings sehr ungewöhnlich. Dennoch ist es nicht undenkbar. Ihre Wangen glänzen leicht verschwitzt in der mittäglichen Härte der Sonne. Sie laufen stellenweise sogar schon rot an. Kein

Wunder bei dieser Hitze. Diese Hitze ist es auch, die sie veranlasst, sich die Ärmel ihrer blauen Bluse abzuschneiden, was unordentliche Fransen zurücklässt. Sie geht trotz der unerträglichen Hitze als Einzige diesen Schritt, der zur Folge hat, dass ihr BH unter den umsichtig rasierten Achseln erkennbar wird. Schwarz mit feinster Spitze und roten Fäden, die nahezu nicht als solche zu identifizieren sind. So sehr ich mich auch anstrenge, immer wieder bleibt der Blick für einen kurzen Moment daran hängen. Vor allem dann, wenn sie die Arme ausstreckt und man einen größeren Teil davon erahnen kann. Absolut inakzeptabel rede ich mir ein, stecke mir einen Bissen nach dem anderen in den Mund, um dann, weil mich mein Begleiter fragt, wie mir denn das Essen schmecke, keine Antwort zu wissen. Ich grinse leicht ausweichend und stoße einen leisen Ton aus, der Zustimmung suggerieren soll, weil ich auf die Frage selbst nicht wirklich eingehen kann. Würde man mich im Nachhinein fragen, was ich gegessen hätte, wüsste ich ehrlich gesagt nicht einmal darauf eine vernünftige Antwort. Nebensächliche Kleinigkeiten, die sowieso in Bedeutungslosigkeit schwelgen. Kein einziges Mal hat sie mich, seit ich hier sitze, und das ist immerhin schon fast eine geschlagene Stunde lang, angeschaut. Hör auf daran zu denken, versuche ich mir einzureden, obwohl ich genau weiß, dass auch das nichts nützen wird. Ist es erst einmal so weit gekommen, kann man mir nicht mehr helfen. Also werde ich mein Essen hinunterschlingen, ihr so gut wie möglich keine Beachtung mehr schenken und nach diesem Mittagessen nie wieder einen Gedanken an sie verschwenden. So lautet der Plan. Ein guter Plan, wie ich finde. Nur schade, dass er nicht funktioniert. Die hellen, goldenen Strähnen ihres Haares funkeln bedächtig im harten Licht der Sonne.

Ein älterer Herr mit Glatze stellt sich direkt vor sie, erkundigt sich nach dem Limonadenangebot und bittet sie, etwas lauter zu sprechen, da er leicht schwerhörig sei. Wie laut sie auch spricht, keine Lautstärkenanpassung scheint zu fruchten, woraufhin er sie auffordert, sich über den Tisch zu ihm zu beugen. Mehr oder minder bereitwillig tut sie, was ihr befohlen wurde und obwohl sie, wahrscheinlich bereits vorahnend, ohnehin noch lauter spricht als vorher, gibt er an, immer noch nichts zu verstehen. Nahezu schreiend möchte sie ihm klarmachen, dass sie nichts mehr für ihn machen könne, als er ihre Bluse am Ausschnitt packt und sie mit seinen gelblichen Fingern an sich heranzieht. Leicht ungehalten möchte sie zurückweichen, was der Alte jedoch mit einer geschickten Bewegung seiner Finger zu unterbinden weiß. Eine empörte Ratlosigkeit ist ihr ins Gesicht geschrieben, die vermutlich begründet liegt, dass sie sich nicht im Klaren darüber ist, wie sie sich jetzt verhalten soll. Was wäre wohl angebracht? Schreien oder weinen oder beides gleichzeitig? Diese Frage stellt sie sich mit hundertprozentiger Sicherheit zumindest unbewusst gerade. Soll sie öffentlich darauf aufmerksam machen? Was wenn er nur senil ist und nicht wirklich etwas Böses im Schilde führt?

Auch ich stelle mir all diese Fragen gerade. Nur ist es in meiner Position noch schwieriger, die Situation zu beurteilen. Schließlich könnte er auch ein Verwandter von ihr sein, was seine Tat zwar nur noch unerklärlicher hätte wirken lassen, aber auch eine nähere Verbindung zwischen den beiden nicht ausschließt. Als Außenstehender ist man sich allerdings um eine Spur noch unsicherer, was das eigene Verhalten in solch einer Situation betrifft, als wäre man direkt darin involviert. Hilflosigkeit macht sich in mir breit und lässt mich immer weiter erstarren. Gabel und Messer längst an den Tellerrand gelehnt, kann ich meinen Blick nicht von dem kleinen Limonadenstand abwenden, der mir in Wahrheit hätte egal sein müssen. Ist dieses Verhalten gesellschaftlich toleriert oder gar erwünscht? Ganz ehrlich, aber das kann ich mir beim besten Willen nicht vorstellen. Trotzdem scheint den Geschehnissen, mich ausgenommen, keinerlei Beachtung von anderen Menschen geschenkt zu werden. Ich verspüre den Drang, diesem Mädchen zu helfen, das sich heute seinen Weg hierher gebannt hat, um auf einem religiösen Fest Spenden für den Erhalt eines Gotteshauses zu sammeln und dabei auf so eine gottlose Weise belästigt wird. Entspräche es nicht den Gerechtigkeitsansprüchen unserer Gesellschaft, diesem Mädchen zu helfen? Mit der Bejahung dieser Frage für mich, mache ich mich auf, lasse mein Gegenüber verdutzt am Tisch sitzen und bin zielstrebiger denn je.

„Ich hätte auch gern eine Limonade", lüge ich, neben dem alten Mann stehend und ihn bewusst provokant betrachtend, wobei ich nicht ohne eine improvisierte Geste der Abwertung auskomme.

„Na, sind Sie blind oder einfach nur blöd, junger Mann? Sehen Sie nicht, dass ich gerade an der Reihe bin?"

„Nichts von beiden und doch, genau das ist ja auch der Grund meiner Anwesenheit."

„Das ist ja eine Unverschämtheit sondergleichen. Was soll denn das? Hat die Jugend heutzutage denn gar keinen Respekt mehr?"

„Sie wollen mir etwas von Respekt erzählen und respektieren nicht einmal die Intimsphäre harmloser Mitmenschen? Also bitte, machen Sie sich nicht lächerlich."

Seine Hand gleitet aus ihrem Dekolleté heraus und greift getrieben von wilder Hektik nach seinem Stock, der inzwischen sorglos und so, als hätte dieser Mann niemals Bedarf daran gehabt, am Tisch angelehnt wurde. Ohne jegliche Vorwarnung schlägt er mir das Stückchen Holz gegen die rechte Seite meiner Rippen, woraufhin ich leicht zusammenzucke und ihn kurz aus den Augen zu verlieren scheine, bevor ich mich wieder fassen kann und ihm den, jetzt schon gen Himmel erhobenen Stock, aus der Hand entreißen kann. Ich halte ihn genauso hoch, wie er ihn vorher gehalten hat, nehme zusätzlich eine drohende Pose ein und er hält seine Arme schützend vor das Gesicht. Ich wage einen Blick zu ihr, sie verzieht das Gesicht so, als würde sie etwas Schlimmes zu befürchten haben und nickt seufzend, als ich das Holzstück nur zerbreche. Zuerst habe ich das Gefühl etwas falsch gemacht zu haben, als er nur so dasteht, die Welt nicht mehr versteht und ich aus Respekt vor seinem Alter kurz an mir selbst zweifle. Eine Bestätigung in Form eines weiteren Nickens erhalte ich nur von ihr. Die zwei einzelnen Teile aufhebend flucht er weiter, scheint innerlich zu beben und sieht mir hasserfüllt für einen Bruchteil einer Sekunde in die Augen, was von mir sofort als eine Form der Bedrohung aufgefasst wird. Keine andere Situation hätte wohl je unangenehmer sein können als diejenige, die sich hier gerade abspielt. Wir wissen alle drei nicht, was wir tun sollen, keiner sagt etwas, jeder sieht die jeweils anderen abwechselnd an, kann dem Blick seines Gegenübers nicht standhalten und wendet sich wieder ab.

Immer noch sehr erzürnt beugt sich der Alte über den Tisch, greift abermals nach dem Mädchen, woraufhin es – diesmal erfolgreich – in die hintere rechte Ecke des kleinen Standes huscht und er sich nicht weiter zu helfen weiß, als durch ein Schimpfwort seine Position zu rechtfertigen.

„Judenhure!", gibt er zischend von sich und stapft, nachdem er die beiden Stücke seines Stockes nicht ohne eine Wiederholung dieses Schimpfwortes auf den Boden geworfen hat, fauchend davon.

„Danke, ich hatte so eine Angst."

„Dessen bin ich mir bewusst."

„Warum bist du nicht früher dazugekommen?"
„Das weiß ich nicht."

Sulamith H.: Geboren 1999; gläubige Jüdin; seit längerer Zeit Mitglied im Verein zur Bekämpfung von Rassismus und Volksverhetzung

Ulf M.: Geboren 1998; Christ; seit Kurzem Mitglied im Verein zur Bekämpfung von Rassismus und Volksverhetzung

Hannes J.: Geboren 1943; eigenen Angaben zufolge gläubiger Christ

## EDLE EINFALT UND STILLE GRÖSSE

Ein Nachmittag wie jeder andere scheint sich seinem Ende zuzuneigen. Ich bin in keiner Weise besonders glücklich darüber, jedoch erschrecke ich auch nicht, wie es noch vor einigen Wochen meine Gewohnheit gewesen wäre. Diese Erkenntnis, dass Tage immer wieder unverbraucht und vor allem ungenützt ihr Ende finden, ist mir nicht mehr neu. Ich versuche sie zu akzeptieren, wissend, dass mir auch das nicht gelingen wird. Kann man etwas dagegen unternehmen, dass Stunden verstreichen, ohne voll ausgekostet worden zu sein? Sicherlich. Kann ich etwas dagegen unternehmen? Sicherlich nicht.

Es hat ungefähr dreißig Grad, die allerdings wie vierzig im Sonnenlicht auf der Haut brennen, und das obwohl ich im sonst angenehmen Schatten sitze, den sich sträubenden Blättern im Wind zusehe und den Duft von frischem Gras genieße, der mich gleichzeitig auch in der Nase juckt. Langsam aber sicher arbeitet sich die Sonne durch die dichten Wipfel der Parkbäume zu meinen Füßen durch und die Bank, auf der ich die letzten drei Stunden verbracht habe, beginnt golden zu glänzen. Mit den ersten Versuchen, der heißen Luft durch einzelne Windstöße zu entgehen, realisiere ich wieder den Straßenlärm, der nur wenige Meter von mir entfernt durch die klirrende Hitze wütet. Trotz der Lärmbelästigung schätze ich Parks in der Stadt viel mehr als auf dem Land. Sie tragen dazu bei, sich in einer Umgebung wohlzufühlen, die natürlicherweise von Unwohlsein geprägt ist. Gemütlichkeit im alltäglichen Stress.

Auch lassen sich hier besonders viele Beobachtungen von Menschen machen, die immer wieder eine einzigartige Spannung bergen. Wahrscheinlich bin ich einfach viel zu neugierig, aber meistens bekomme ich mehr oder weniger zufällig Gespräche mit, lese Benachrichtigungen auf Handys oder mustere Personen genau, um auf ihren sozialen Status und in manchen Fällen sogar Beruf zu schließen. Der ein oder andere würde sich dabei vermutlich in seiner persönlichen Freiheit eingeschränkt fühlen, hätte er meine Beobachtungen wahrgenommen und bewusst als Störung empfunden. Meine Blicke schweifen jetzt aber zum Ausgang des Parks, zu einem großen Tor, das in Richtung einer Seitenstraße platziert ist, die zum Museum führt. Ein Mädchen, das kaum älter zu sein scheint als ich, geht schnurstracks daran vorbei, ohne die eigenen Blicke vom engen Gehweg abzuwenden. Jeglichen Verstandes entledigt stehe ich auf und nehme die Verfolgung des fast schwarzhaarigen Mädchens auf, das auffällig regelmäßig gebräunt ist und schon von Weitem sehr eitel, um nicht zu sagen arrogant, wirkt. Im Gehen frage ich mich kurz, warum ich mir all das eigentlich antue, verwerfe diesen, für die jetzige Situation behindernden Gedanken aber wieder, um mit voller Konzentration mein Ziel verfolgen zu können. Und dieses Ziel entfernt sich trotz eifriger Blicke in sein Handy immer weiter und mit immer schneller werdenden Schritten von mir, sodass ich im Laufschritt hinter ihr her sprinten muss, um die Spur nicht zu verlieren. Ihre schulterlangen Haare werden im Rhythmus ihrer Schritte immer wieder nach vorne geschaukelt, behalten ihre Form allerdings bei und verdecken nahezu gänzlich die schwarzen Kopfhörer. Bei einem Fußgängerübergang stehe ich kurz neben ihr, sie sieht auf ihr Handy, meine Blicke driften in die Umgebung ab. Nur ganz kurz kann ich es mir nicht verkneifen, in ihre Richtung zu blicken. Fast wäre ich stehen geblieben und hätte auf sie gewartet, als die Ampel grünes Licht zeigt und sie ins Schreiben vertieft, nicht gleich weitergeht. Aber sie holt mich wieder ein, kämpft sich ihren Weg zielstrebig und selbstsicher durch eine Fußgängerzone, in der ich sie nur dank ihres bauchfreien Tops unter den vielen anderen Passanten wiedererkannt habe und sucht so schnell wie möglich einen Ausweg aus der Menschenmasse, den sie letztendlich in einer Seitenstraße findet. Vor allem ihre Schulterblätter sind besonders markant, stehen wie die meinigen leicht hervor und bewegen sich merklich bei jeder Armbewegung. Ihre hellblaue, sehr stilvoll mit goldenen Schnallen verzierte Handtasche, rutscht ihr einmal fast von der Schulter, was sie jedoch gekonnt durch eine schwungvolle Bewegung zu korrigieren weiß.

Sie wird langsamer, überquert diesmal ohne Handy in der Hand eine weitere Straße und wirft einen flüchtigen Blick in ihre Handtasche. Einen Schlüssel herausgekramt öffnet sie, mit anmutender Leichtigkeit, die Tür zu einem weißen Wohnkomplex. Mit mehr oder weniger verdutztem Gesicht bin ich gegenüber stehengeblieben und starre vor allem auf die Wohnung, deren Fenster eine Minute später von ihr geöffnet werden. Sie wohnt im obersten Stockwerk, der Dachgeschosswohnung also, die zudem noch aussieht wie ein Penthouse. Ein Penthouse im Nobelbezirk bedeutet schon einmal nicht unbedingt etwas Gutes. Obwohl ich weiß, dass spätestens jetzt der Zeitpunkt gekommen ist, mir dieses Mädchen aus dem Kopf zu schlagen, versuche ich mir alle Namen am Klingelschild zu merken. Zu meiner großen Überraschung gelingt mir das sogar und ich mache mich in sämtlichen sozialen Netzwerken sogleich auf die Suche nach ihr.

Zuerst hoffe ich klarerweise, ihren Namen herauszufinden, als das jedoch schlussendlich und mit großen Mühen gelungen ist, wünsche ich mir nichts sehnlicher, als dass ich nicht einmal versucht hätte, mich auf die Suche danach zu begeben. Ihr, von mir sehr gründlich durchforstetes Profil lässt abermals nichts Gutes vermuten. Sie präsentiert sich in einer bedenklich freizügigen Weise, die vermutlich dazu dient, männliche Mitmenschen durch eine trügerische List anzulocken, um sie dann genüsslich ins Unglück zu führen. Meine Vermutung ihren Charakter betreffend besteht darin, dass es ihr wohl gefällt, von anderen Menschen als bewusst provokant wahrgenommen zu werden, indem sie ihren wahrhaft makellosen Körper in Verbindung mit zahlreichen Luxusobjekten wie Schuhen, Uhren oder Jachten zeigt. Kurzzeitig frage ich mich tatsächlich, ob auch ich mich ähnlich verhalten würde, hätte ich nur annähernd so viel zu bieten wie sie und komme dann zu dem Schluss, dass dies wohl kaum der Fall wäre. Vielleicht könnte man denken, ich wäre eifersüchtig auf sie, aber dem ist nicht so. Zumindest versuche ich das steif und fest für mich selbst zu behaupten, während ich die vergoldete Schrift auf dem Ziffernblatt einer zur Schau gestellten Uhr bewundere. Ein Meisterwerk des modernen Designs und genauso ist ihre Wohnung mehr als nur einen Blick wert. Ich ertappe mich in stiller Bewunderung ihres Besitzes und muss schnell mein Handy beiseitelegen, um nicht in Sehnsucht zu versinken. Sie wäre mir zutiefst unsympathisch, würde nicht im Geringsten meinen Anforderungen an einen Partner, den es sich zu lieben lohnt, entsprechen und mich unglücklich machen, sollte ich sie dennoch weiterhin nicht aus meinen Gedanken verdrängen können. All das weiß ich und all das ist im Moment nicht wirklich von großer Wichtigkeit für mich.

Nach einer weiteren Stunden im Park komme ich zu dem Schluss, dass sie für mich schlichtweg keine Bedeutung haben wird und alles, was ich von ihr lernen kann, die Tatsache ist, dass Menschen, die ihre Prioritäten im Bereich der Selbstinszenierung und ästhetischen Ausstrahlung setzen, für mich von keinerlei Belang sein sollten. Ein weiser Entschluss, der eventuell auch für mein zukünftiges Leben von Bedeutung sein kann. Man trifft schließlich immer wieder auf Menschen ihrer Art und sollte trotzdem nicht vergessen, das zu schätzen, was man selbst besitzt. Eigentlich wäre genau das die am besten geeignete Art damit umzugehen, jedoch schwingen selbst bei diesen Gedanken einige Bedenken mit, was die Umsetzung betrifft. Vieles hört sich in der Theorie besser an, als es in der Praxis funktioniert, denn schließlich hat jeder Mensch Wünsche, die den Rahmen des persönlich Möglichen in Wahrheit bei Weitem überschreiten. Das betrifft nicht nur Materielles, sondern viel mehr auch Werte und Eigenschaften, die man sich nicht einfach so aneignen kann. Aber ich schaffe es, mit Niederlagen umzugehen, und diese Begegnung heute war eine dieser Niederlagen, die andere vielleicht zum Fall bringen würde, sie schwach werden ließe. Nicht aber mich. Zeigt man heutzutage keine Stärke, was Gefühle betrifft, ist man sowieso auf der Verliererseite und wird als depressiver Misanthrop abgestempelt, der keinen Nutzen für die Gesellschaft hat, außer als Fußabtreter für andere zu fungieren, die ihre eigenen Probleme nicht verkraften können, sich aber trotzdem abreagieren müssen. Gefühlskälte, der richtige Umgang mit Tiefschlägen und hartes Training in der Bewältigung eigener Probleme sind die Grundvoraussetzungen für ein gutes Auskommen in der modernen Welt. Und genau diese Grundvoraussetzungen sind es, die mich jetzt dazu befähigen, dieses Kapitel in meinem Leben so plötzlich wie es begonnen hat auch wieder schmerzfrei zu beenden.

Das denke ich zumindest, bis ich ihr eine Freundschaftsanfrage schicke, abermals einen Blick auf ihre Wohnung werfe und sie aus der Tür heraus auf mich zugeht.

„Das hat jetzt weniger lang gedauert, als ich dachte", ist das erste, was sie zu mir sagt, bevor sie mir ihre Hand entgegenstreckt, sich als „Vera" vorstellt, was ich aber ohnehin schon wisse, und mir versichert, dass es tatsächlich noch nie jemanden in ihrem Leben gegeben hätte, der so schnell so verrückt nach ihr gewesen wäre wie ich.

Emil O.: Geboren 2000; Junge aus mittelständischen Verhältnissen; hat sich auf eine langfristige Affäre mit Vera P. eingelassen

Vera P.: Geboren 2001; Mädchen aus sehr guten Verhältnissen; hat sich auf eine langfristige Affäre mit ihrem größten Verehrer Emil O. eingelassen

# STILLE NACHT

Ich öffne das letzte Türchen meines Adventskalenders und bemerke dabei, dass ich zehn Kästchen davor ausgelassen habe, weil ich darauf vergessen habe, sie zu öffnen. Bei jedem der restlichen Türchen werfe ich einen Blick in den Terminkalender, um zu sehen, was mich an diesem Tag davon abgehalten hat, es zu öffnen. Interessant, was ich die ganze Adventszeit über getan habe. Und in Wirklichkeit hat mich all das nicht weitergebracht, nicht glücklicher gemacht und erst recht nicht zufriedengestimmt. Ich habe gearbeitet, wie ich es jeden Monat tue. Nur die letzte Woche im Dezember bin ich zuhause. Das war schon immer so und wird auch in den folgenden Jahren so bleiben. Ich schaffe es nicht, mich nach Weihnachten aufzuraffen, um in die Arbeit zu gehen. Vor allem in diesem Jahr werde ich es nicht schaffen. Genauso schlimm ist es aber daheim zu bleiben und sich Weihnachtslieder im Radio anzuhören. Morgen treffe ich ihn wieder zu Mittag, weil er heute noch mit seiner Familie Weihnachten im sogenannten „engsten Kreis" feiert. Ein Kreis, zu dem nur er und seine Eltern gehören. Es ist verblüffend zu sehen, wie unterschiedlich die Menschen Weihnachten verbringen. Aber nur die wenigsten, meist Singles „feiern" so wie ich, indem sie allein zuhause bleiben und ihren Tagesablauf nicht wirklich den veränderten Begebenheiten anpassen. Ein Tag wie jeder andere auch, könnte man meinen. Dieses Jahr habe ich sogar einen Weihnachtsbaum gekauft, weil er meinte, dass es sich ausgehen könnte, zu mir zu kommen. Jetzt ist zwar der Weihnachtsbaum da, aber er nicht. In einer Stunde spätestens werde ich Weihnachtsmusik aufdrehen und beginnen, den Baum zu schmücken, schwöre ich mir. Vielleicht ziehe ich mich auch um. Ein bisschen festlicher, aber nicht zu festlich. Der weiße Strickpullover wäre vielleicht recht angemessen. Zuletzt habe ich ihn angehabt, als ich mit meinem Ex-Freund essen war und ihn kennengelernt habe. Danach, das ist jetzt ein Jahr her, wollte ich so wenig wie möglich an die Zeit vor ihm beziehungsweise die Zeit zwischen ihm denken. Aber das ist jetzt lang genug her, um es getrost vergessen zu können. Inzwischen darf ich ja meine Zeit mit ihm verbringen, nachdem ich drei Monate lang hart dafür gekämpft habe.

Sollte ich etwas kochen, falls er doch noch vorbeikommt? Aber es ist nicht besonders intelligent etwas zu kochen, wenn man nicht einmal weiß, ob es nötig ist. Vielleicht bereite ich nachher noch eine Kleinigkeit vor. Nur zur Sicherheit. Weihnachten ist Gott sei Dank nur einmal im Jahr und beim nächsten Mal werde ich mich davor hüten, es allein zu verbringen, rede ich mir ein. Dabei habe ich aber trotzdem im Kopf, dass es für mich keinerlei Chancen gibt, diese Situation zu ändern, da am Heiligen Abend jeder, den ich kenne, mit seiner Familie oder seinem Partner zusammen ist. Mein Partner, der gerade auch mit seiner Familie zusammen ist, hat sich ganz sicher nicht auf den Weg zu mir gemacht, wie ich mir das eigentlich wünsche. Ich bin gerade dabei meinen kleinen Baum zu schmücken, den ich nur für den Fall gekauft habe, dass er doch noch vorbeikommt, als mir einfällt, dass ich langsam aber sicher beginnen sollte, das Essen vorzubereiten. In der Küche stelle ich das Radio nach zwei Weihnachtsliedern leicht angewidert wieder ab, verbrenne mir den Finger am Herd und stehe, bitterlich weinend beim Waschbecken. Ich weine aber nicht etwa der Verbrennung wegen, die mich in diesen Momenten noch gar nicht wirklich berührt, sondern wie jedes Jahr aufgrund eines Tages, den ich allein verbringe, obwohl ich nicht allein lebe. Er kommt heute noch. Sicher, er weiß wie wichtig es mir ist, dass er bei mir ist. Wenn nicht unterscheidet er sich in diesem Punkt nicht wirklich von meinem Ex-Freund, dem es auch egal war, ob ich den Heiligen Abend allein verbringe oder eben nicht. Er war mit Freunden und der Familie unterwegs, war immer unentbehrlich für sie und ich entbehrlich für ihn. Eine Wiederholung dessen ist absolut unerwünscht, sage ich mir immer wieder. Trotz meiner grotesken Gedanken glaube ich ihm tatsächlich, dass er nicht entbehrlich am heutigen Abend ist. Mit dem Unterschied, dass ich ebenfalls nicht entbehrlich für ihn bin. Es muss eine emotionale Zwickmühle sein, in die er da geraten ist und der er vermutlich auch nicht so schnell entkommen kann. Ich würde trotzdem gerne eine Antwort auf die zahlreichen Nachrichten erhalten, die ich ihm geschickt habe. Er hat mir erst gestern Abend gesagt, dass er jeden Moment seines Lebens nur an mich denkt. Dem ist in diesem besonderen Fall anscheinend nicht so. Wahrscheinlich unterhält er sich gerade allzu vorzüglich mit einer anderen Frau.

Gerade als ich diesen Gedanken näher in Betracht ziehen will, läutet mein Telefon, ich antworte kein Wort, setze mich peinlich berührt auf das Sofa und lasse den Hörer aus meiner Hand auf den Boden stürzen. Ich schäme mich. Wie konnte ich all das nur je in Betracht ziehen? Wieso habe ich das überhaupt auch nur in Erwägung gezogen? Ich verstehe mein Verhalten, meine eigene Naivität, nicht. Meine Atmung wird schwerer, ich beginne zu keuchen, bis ich plötzlich einen schlimmen Hustenanfall bekomme. In meine Gedanken drängen sich immer wieder die Texte von Weihnachtsliedern. Ich singe leise mit. Ich weine währenddessen bitterlich. Ich kann nicht glauben, nein, besser noch, ich will nicht glauben, was ich gehört habe. Ich richte ein leises „Verzeih mir" gen Decke, bevor ich wieder einen Blick auf den Boden werfe. Die Kerzen habe ich schief angebracht, denke ich beim Betrachten meines Weihnachtsbaumes. Ich betrachte sie lange, mir würde aber nicht einfallen, sie gerade hinzustellen. Nein. Ich werde den Baum nicht mehr berühren. Er wird hier stehenbleiben. Ich habe alle Gedanken an Momente, die Emotionen zu Erinnerungen werden lassen, stets verdrängt. Jetzt erfahre ich einen genau solchen Moment.

Eine Träne kullert über meine Wange und tut es meinen Träumen gleich, indem sie unbarmherzig am Boden zerschellt. Ich erinnere mich an seine, von Melancholie geprägten Augen, wenn er von der Zeit erzählte, in der wir uns noch nicht gekannt haben. Seine Liebe sämtlichen Werken der Weltliteratur gegenüber, denen er stets mit Respekt entgegengetreten ist, und vor allem aber seine Liebe zu mir und sein grenzenloser Respekt, der meiner Persönlichkeit zuteilwurde, ist alles, woran ich im Moment denken kann. Weisheiten, die er verstanden hat, ohne sich bemühen zu müssen, und diese, die er einem selbst mit auf den Lebensweg gegeben hat, werde ich mit niemand anderem mehr teilen können. Jetzt werde ich für immer schweigen müssen. Weil man schweigen muss, wenn es niemanden gibt, der die unausgesprochenen Gedanken aus den gesprochenen Worten entwirren kann. Wer soll die nächtlichen Tränen von meiner Wange wischen, wenn ich zu viel über die Zukunft, über das, was sein könnte und in Wirklichkeit nicht ist, nachdenke? Unverstanden werde ich wie vor einem Jahr sein. Ich werde meinem Umfeld eine Person sein, die so nicht existiert. Ich werde Rede und Antwort stehen müssen für Menschen, die mir nichts bedeuten, die mir genauso egal sind wie ich ihnen, und das nur noch nicht realisiert haben. Verbittert werde ich jeden Abschnitt meines Lebens begehen, sollte es überhaupt dazu kommen. Manchmal, leider aber viel zu selten, habe ich ihm gesagt, dass er mir jeden Tag erhellt, egal wie schlecht es mir auch gehen mag. Immer war er derjenige, der sich als einziger wirklich um mich gekümmert hat, mit dem ich auf Augenhöhe war, obwohl er vier Jahre jünger war als ich – vom Leben und dem Geheimnis des menschlichen Miteinanders hat er nämlich trotzdem weit mehr verstanden als jeder andere. Ich betrachte den Baum, denke an das Essen, das ich vorbereitet habe und daran, wie sehr ich mich auf ihn gefreut habe. Alles wirkt so naiv, so dumm, so kindisch. Aber das ist es nicht. Eigentlich ist es alles andere als kindisch. Es ist ein blasses Paradoxon des Schicksals, das ich vorerst nicht zu erkennen vermochte.

Diese Geschichte muss erfunden wirken, vermute ich, wenn sie jemand anderer zum ersten Mal hört. Aber die bittere Wahrheit ist, dass manche Geschichten real so viel Grausamkeit mit sich bringen, dass sie für surreal gehalten werden, obwohl das alltägliche Leben vor solchen Grausamkeiten nur so strotzt. An diesem Tag, halte ich für mich noch einmal zusammenfassend fest, habe ich alles verloren, was ein Mensch je verlieren kann. An diesem Tag habe ich alles verloren, was ein Mensch je suchen kann. An diesem Tag habe ich denjenigen verloren, der mir als einziger das Fest der Liebe hätte verschönern können.

Christian R.: Geboren 2000; gestorben 2021 im Alter von 21 Jahren bei einem Autounfall, der sich am 24. Dezember auf dem Weg zu seiner über alles geliebten Freundin Elia W. ereignet hat; nach einem Familientreffen wollte er sich so schnell wie irgend möglich zu ihr begeben

Elia W.: Geboren 1996; gestorben 2021 im Alter von 25 Jahren, als ihr geliebter Freund Christian R. zu Grabe getragen wurde; ihr Tod ist einem Versagen der Herztätigkeit zuzuschreiben

# UNGELIEBTE EHRLICHKEIT

Bekümmert sehe ich ihn an. Sein Blick lässt mich niederbrechen. Ich liebe es, wie er mich ansieht. Lange kann er mir jedoch nicht in die Augen sehen. Vor zwei Wochen hat es angefangen, dass er meinen Blicken nicht mehr richtig standhalten konnte. Nervös zucken seine Finger. Er denkt, ich bemerke es nicht, aber dem ist nicht so. Natürlich fällt mir auch das auf. Die Situation ist ihm sichtlich unangenehm. Immer wieder blickt er auf die Uhr hinter mir.

„Es ist fünf nach sechs", lüge ich.

„Nein. Es ist knapp acht Uhr am Abend."

„Ich weiß. Mein Zeitgefühl habe ich noch nicht verloren, darum brauchst du dich nicht auch noch sorgen."

„Ja, es tut mir leid. Ich bin in letzter Zeit einfach nicht gut aufgelegt."

„Ich würde sagen, du bist abwesend, abweisend und unausstehlich."

„Du hast recht. Wie immer eigentlich. Das ist absolut richtig. Und dafür möchte ich mich aufrichtig entschuldigen."

„Und unaufrichtig bist du auch", entgegne ich kühl.

Zustimmend nickt er und blickt auf den Boden.

„Letztes Jahr hast du mir diese Wohnung geschenkt, um mehr Zeit mit mir verbringen zu können und jetzt bin ich größtenteils allein hier."

„Das weiß ich. Aber es wird bald wieder besser. Das verspreche ich dir."

„Du versprichst die Welt und schaffst es nicht einmal deines Weges zu gehen."

„Du verwendest eine Metapher für eine solch abscheuliche Begebenheit. Ich hoffe, du weißt, dass ich mir dessen bewusst bin, wie sehr ich dich brauche."

„Lüg mich bitte nicht an! Nicht auch noch in diesem Punkt. Vielleicht hat das irgendwann einmal zugetroffen. Jetzt bist du in der Arbeit und kommst fünf nach sechs heim. Normalerweise weiß ich wenigstens deine Aufrichtigkeit zu schätzen aber im Moment weiß ich nicht einmal, was ich mehr verachten soll."

„Ich verstehe dich. Es tut mir leid."

„Ich sagte, du sollst mich nicht anlügen", gebe ich zitternd zurück.

„Es tut mir leid."

„Lüg mich nicht an!"

„Dann schweige ich jetzt."

„Tu das Ehrlichste, was du machen kannst."

Er schweigt. Wenigstens jetzt hat er verstanden, dass ich mir nichts als ein bisschen Ehrlichkeit wünsche. „Ich werde müde", sage ich knapp.

„Geh ins Bett, wenn du müde bist."

„Geh du doch für mich. Ich bitte dich. Geh du!" Nicht länger kann ich ihn ansehen. Zuerst schaut er mich verständnislos an, dann dämmert ihm allmählich was ich damit meine. Das erste Mal seit Langem sehe ich ihn wieder weinen. Er kann seine Tränen nicht mehr halten. Aus seinen Augen stürzen Bäche.

Emotionslos sehe ich ihn an. Ich kann heute nicht mehr weinen. In der Früh schon habe ich begonnen zu weinen. Jetzt geht es schlichtweg nicht mehr. So gerne ich auch zeigen würde, wie er meinen sonst fröhlichen Gemütszustand eintrübt, als umhüllte ihn ein dunkles Band. Der Schein trügt nicht. Seine Tränen sind zumindest teilweise ehrlich. In der Arbeit weint er ganz bestimmt nicht. Zu viel Angst hätte er, nicht wie gewohnt immer als der Gefühllose wahrgenommen zu werden, der Selbstsicherheit, Macht und Eleganz ausstrahlt.

„Wie war dein Arbeitstag?", frage ich, erwarte mir aufgrund seines derzeitigen Zustandes aber nicht wirklich eine Antwort. Wie zu erwarten war, schüttelt er nur den Kopf, lässt ihn in seine Hände sinken. Seine Verletzlichkeit zeigt er nicht oft. Ganz im Gegenteil. Geschickt verbirgt er die verkehrt herum befestigte Uhr auf seinem rechten Handgelenk, die er nur zum Schlafen abnimmt. Mir entgeht sie trotzdem nicht. Sie war in der Früh noch richtig angebracht. Ich muss kurz bestätigt lächeln. Ich versuche einen möglichst gütig anmutenden Blick aufzusetzen. Das gelingt nur bedingt.

Beschämt steht er vor mir, richtet seinen Anzugkragen zurecht. Der ist schon etwas nass geworden. Kurz versucht er in seine normale, sehr aufrechte, steife Haltung zurückzukehren, sinkt dann aber noch mehr in sich zusammen. Er setzt sich auf den Boden vor mir.

„Du machst deine Hose dreckig. Ich würde mich ja ins Bett legen. Aber wahrscheinlich hast du davon heute schon genug." Als er das hört, beginnt er wieder zu weinen. Ich will mich zum Gehen abwenden. Er hält meinen Fuß fest, ich kann nicht gehen. Genervt sehe ich ihn an. Anscheinend ist ihm die jetzige Situation sehr unangenehm. Er rührt sich nicht. Unverändert bleibt er sitzen. Normalerweise bin ich diejenige, die weinend am Boden sitzt. Er ist das nicht gewohnt. Ich erinnere ihn in seiner Manier daran, Haltung zu bewahren. Wir wären hier schließlich nicht im Kindergarten, sondern in einer sechsjährigen Beziehung. Er nickt wieder und schaut zu mir auf. Wie ein Kind im Kindergarten sitzt er zu meinen Füßen. Er liegt mir quasi zu Füßen. Nur in Wirklichkeit möchte er etwas ganz anderes. Was genau das Objekt seiner Begierde ist, weiß ich nicht. Es interessiert mich aber auch nicht.

„Ich weiß, dass ich dich mit jedem Arbeitstag mehr erschüttere, bekümmere und weiß Gott was noch. Aber ich bin nicht freiwillig das, was ich bin. Ganz sicher nicht. Ich versichere dir, in Zukunft nur mehr auf den richtigen Weg zu achten."

„Das heißt, du gehst morgen nicht zur Arbeit."

„Ganz genau", er schnieft und wischt sich Tränen aus dem Gesicht.

„Und übermorgen?"

„Wenn du das willst, auch übermorgen nicht."

„Und nach übermorgen?"

„Mir wird nichts anderes übrig bleiben. Ich habe mir in der Arbeit Verpflichtungen geschaffen, die ich nicht einfach so vernachlässigen kann."

„Du kannst auch morgen in die Arbeit gehen. Sieh nur zu, dass du nicht allzu früh heimkommst. Ich müsste sonst weinen vor Freude. Freudentränen sind die Schlimmsten. Aber warum erzähle ich das dir. Das hast du ja gerade am eigenen Leib gespürt."

„Da hast du recht."

„Ich weiß." Es gibt praktisch nichts, was ich nicht über ihn weiß. Trotzdem will er es leugnen. Jeder Widerstand ist zwecklos. Für mich ist er so einfach zu lesen, wie eine dieser billigen Tageszeitungen.

Ich erkundige mich ein zweites Mal nach seinem Arbeitstag. Er lächelt mich an. Wir wissen beide, dass unser Zug bereits abgefahren ist. Ich lächle zurück. Ich liebe es, wie er mich ansieht. Ein Stein fällt von seinem Herzen. Langsam begibt er sich in die Küche. Dabei küsst er mich auf die Stirn, lässt seine Hand auf meiner Schulter. Ich fühle mich geborgen und fremd. Er sieht mit einem etwas verstohlenen Blick nach mir. Dieser Blick wird von einem liebevollen Lächeln abgelöst. Wir haben dieses Problem für heute gelöst. Ich bin müde geworden von seiner Art zu gehen. Es langweilt mich, ihn so zu sehen. Was soll ich nun denken? Wieso steht er noch hier? Ihm stehen alle Türen offen, aber er bleibt hier. Hier bei mir. Was gebe ich ihm, was andere ihm nicht geben können? Im tiefsten Inneren seines Herzens kann er genau diese Frage beantworten. Ich gebe ihm dieses kleine Gefühl von ungewöhnlicher Geborgenheit, dieses Stückchen Leben, das für immer bleibt, die widerspenstige Routine, die er gleichzeitig hasst und liebt, den melancholischen Trost, den ein kleines Kind zutiefst nötig hat. Ich lasse ihm die Möglichkeit hier zu stehen, sehe ihn nicht bekümmerter an als sonst. Eigentlich müsste er gar nicht zur Arbeit gehen. Er könnte den ganzen Tag hier stehen und ich würde nicht im Traum daran denken, ihn davon abzuhalten.

Zwei Stunden später liegt er neben mir im Bett. Er hat Angst im Dunkeln, trägt immer Socken und friert mehr als ich in der Nacht. Das wissen nur wir beide. Ich bin mir sicher, dass selbst seine Arbeitskollegen das nicht wissen. Sie werden es auch nie erfahren, weil er das geschickt zu vertuschen weiß. Aber er ist ein offenes Buch für mich. So etwas wie ein Buch aus einer Leihbücherei.

„Ich liebe dich", sage ich, bevor ich den Lichtschalter betätige, um das Licht abzudrehen.

„Ich liebe dich auch", sagt er mich im Arm haltend.

„Ich sagte, du sollst mich nicht belügen."

„Tut mir leid. Gewohnheit."

„Ich weiß."

Ich kuschle mich an ihn, genieße seine Wärme. Und seine Ehrlichkeit.

Juliane W.: Geboren 1980; gestorben Oktober 2019 an den Folgen einer selbst zugefügten Schnittverletzung

Michael S.: Geboren 1981; bereut immer noch den plötzlichen Tod seiner geliebten Freundin

## IN BESTER GESELLSCHAFT

„Du hast auf Männer eine absolut nicht anziehende oder in irgendeiner Art auch nur annähernd attraktive Ausstrahlung. Bist du dir dessen bewusst?"

„Durchaus. Aber für dich reicht es ja trotzdem. Abgesehen davon, dass du auch keinerlei sexuelle Anreize für irgendeine Frau zu bieten hast."

„Ich weiß. Aber wir würden hier vermutlich nicht liegen, hätten wir solch eine Anziehungskraft."

„Warum sind wir eigentlich hier? Oder besser noch – weil wir ja in Wahrheit wissen, warum wir hier sind – warum machen wir all das hier, was wir in Wirklichkeit eigentlich gar nicht wollten. Wir können es uns doch beide nicht ansatzweise erklären, oder?"

„Wir sind in einem Zimmer und wir sind nur Menschen."

„Wird man uns nicht genau diese Menschlichkeit aberkennen, sollte je jemand davon erfahren?"

„Ganz genau."

„Und es wird jemand davon erfahren. Irgendwann, vielleicht sogar in nicht allzu langer Zeit."

„Wie sollte man uns für unsere Menschlichkeit verurteilen?"

„Wieso sollte man nicht?"

„Gutes Argument."

„Sie werden uns hassen."

„Sollen sie doch. Ich hasse sie, sobald sie dich hassen."

„Gibt es eine Ausrede, die wir uns einfallen lassen könnten?"

„Absolut nicht."

„Gut."

„Na ja. Obwohl, vielleicht … eventuell könnte man ja damit argumentieren, dass wir uns auf das rein Körperliche beschränkt haben."

„Aber ist nicht gerade diese Tatsache das Schlimme daran?"

„Das Schlimme ist vor allem, dass es eine weitere Lüge wäre, sonst würden wir nicht hier liegen und uns noch weitere Gedanken machen, sondern artig „Gute Nacht" sagen und uns dem verdienten Schlaf widmen."

„Du hast recht."

„Hättest du etwas gesagt – und wäre es noch so absurd gewesen – du weißt, ich hätte dasselbe gesagt."

„Natürlich."

Tränen der Bestätigung hängen in ihren Augen und warten darauf, das Dunkel der Bettdecke heimzusuchen. Ihre Haare sind kürzer als noch vor einem Jahr. Das war der Zeitpunkt, an dem wir uns zuletzt gesehen haben. Sie fallen in einem schlaffen Durcheinander unbeschwert in die Tiefe. Fast bewusst kunstvoll wirkt ihre bewusst nicht kunstvoll angeordnete Frisur. Attraktivität. Das war für sie schon immer ein Wort, dessen getragene Bedeutung sie ausdrücklich abzulehnen schien. War es ihre rebellische Art, derer ich mir so lange nicht richtig bewusst war oder doch eher ihre gespielte Zögerlichkeit, die mir eine Türe öffnete, die ich bis dato nicht einmal zu kennen vermochte? Sie entspricht nicht meinem normalen Attraktivitätsempfinden, sondern entpuppt sich eher als das genaue Gegenteil davon. Trotzdem sind wir übereinander hergefallen, sobald wir die Tür imstande dazu wussten, unsere Unartigkeit zu verbergen. Ihre rote, stillose Bluse mit dem überdimensionierten Gürtel, der ihrer abgemagerten Figur ganz und gar nicht schmeichelte, warf ich zu Boden, stürzte mich – jedoch immer mit einer ausreichenden Vorsicht, die ihr zu imponieren schien – auf sie und begann ihren Nacken mit sanften Küssen zu liebkosen, nachdem ihre Haare sanft beiseite gestrichen waren. Ihre einstige Kraft wich mit jeder Bewegung aus ihrem Körper und ihren Gedanken. Sie ergab sich mir, so wie ich mich ihr ergab. Völlige Hingabe in äußerstem Einvernehmen, ohne jegliches Zögern und mit einer Entschlossenheit, die ich so noch nie gefühlt habe. Zu lachen gab es genug, wir hätten teilweise auch weinen können, weil wir in unserer gegenseitigen Verletzlichkeit schlichtweg keinen Halt fanden, aber wir haben uns auf die Freude beschränkt. Das Weinen ... ja das Weinen bleibt uns noch für das Jetzt und das Danach. Gemocht haben wir uns für eine lange Zeit tatsächlich absolut nicht. Absolut nicht ist vielleicht sogar eine Übertreibung, da wir weder den Kontakt gemieden haben, noch irgendwelche Streitigkeiten oder Ähnliches zu beklagen hatten, aber wir sind uns nicht in freudiger Erwartung begegnet. Wir haben uns still die Hände geschüttelt und doch haben wir nicht geschwiegen. Ganz geschwiegen haben wir tatsächlich nie.

Sie hätten uns dieses Zimmer nie geben dürfen. Sie hätten es einem von uns geben und den anderen schlicht und einfach auf das Sofa im Wohnzimmer verfrachten sollen. Aber auch das hatte vermutlich seine Bestimmung. Nicht von ihnen aus allerdings. Eine Enttäuschung wäre das sicherlich, wenn nicht sogar der Grund, sich von uns beiden loszusagen.

„Sollen sie sich doch das Maul zerreißen. Sollen sie doch darüber reden. Im eigenen Haus, in der Nachbarschaft, nein besser noch auf der ganzen Welt."

„Vielleicht steht es ja eines Tages in der Zeitung und dort wird das, was wir getan haben, sicher fehlinterpretiert. Sie leugnen die Wahrheit."

„Sie wollen es alle nicht wahrhaben."

„Eigentlich sind sie ja fast so wie wir."

„Aber nur fast. Schließlich kennen wir wenigstens unsere Geschichte."

„Ja. Ja, das ist absolut richtig. Wir könnten sie jedem so erzählen, wie wir sie erlebt haben."

„Und doch würde uns das niemand glauben. Sie würden sich die Ohren zuhalten. Nicht wirklich, aber zumindest in ihren kleinen beschränkten Welten, deren Horizonte wir mit einer einzigen Geschichte zu sprengen wüssten."

„Und sie werden gar nicht versuchen, uns zu verstehen, sondern sich voll und ganz darauf konzentrieren, uns zu hassen."

„Vielleicht steht es ja eines Tages sogar in der Bezirkszeitung. Das wäre eine Blamage, wie man sie sich schlimmer nicht vorstellen könnte."

„Es fragt sich nur, für wen das denn wirklich eine Blamage wäre. Für uns nur bedingt. Wir haben uns ja eigentlich jetzt schon blamiert."

„Geben wir irgendetwas darauf, was man hinter unserem Rücken über uns sagt?"

„Ja, aber schlussendlich wird es uns irgendwann einmal egal sein und jeder wird seines Weges gehen. Jeder wird seines Weges gehen, bis auf zwei Personen. Bis auf uns zwei. Wir werden gemeinsam unseres Weges gehen. Zumindest gedanklich."

„Du sagst es. Zumindest gedanklich. Daran werde ich mich ein Leben lang erinnern."

„Sagen wir ihnen doch, dass wir nur Erinnerungen geschaffen haben." Wir müssen beide lachen, weil wir diese Vorstellung schlichtweg zu lustig finden, als dass wir darüber hätten schweigen können.

„Wir haben den gleichen Humor. Wer könnte uns verbieten mit solch einer Grundvoraussetzung auch dasselbe Bett zu teilen?"

„Versuchen werden es alle. Alle bis auf den Staat. Wir handeln ja nicht gegen das Gesetz."

„Wir handeln nur gegen alle menschlichen Moralvorstellungen eines kleinen Dorfes, das es verdient hat, einen kleinen Skandal mehr beklagen zu dürfen."

„Sie brauchen ja etwas, woran sie sich klammern können, um ihrem Alltag zu entfliehen und sich auf Kosten anderer einen kleinen Teil ihres Selbstwertgefühls zurückzuholen, um nicht behaupten zu müssen, tatenlos zugeschaut zu haben, als sich das Leben und das, was es ausmacht, in rasender Langeweile an ihnen vorüberbewegt hat."

„In Wirklichkeit müssten sie uns doch dankbar sein, dass wir hier und jetzt gemeinsam in einem Bett liegen, obwohl auf der anderen Seite des Zimmers ein weiteres stünde."

„Wir haben den gleichen Humor."

„Auch das können sie uns nicht aberkennen. Genauso wie die menschlichen Bedürfnisse, derer Befriedigung wir uns jetzt angenommen haben."

„Ein schönes Schlusswort. Gute Nacht meine Liebe."

„Gute Nacht mein Liebster." Wir schauen uns kurz an, lächeln beide milde, so wie ich das bei ihr noch nie gesehen habe – sie strahlt eine Güte und Barmherzigkeit aus, derer ich mich nicht gewachsen fühle – und ich rücke ein Stück weiter zu ihr, umfasse mit meinen Armen ihren dünnen Bauch und küsse sie ein letztes Mal, bevor sie einschläft. Wir wissen beide, dass morgen jemand ins Zimmer kommen und uns gemeinsam im Bett entdecken wird und schlafen ungeachtet dessen in völliger Harmonie und Furchtlosigkeit ein.

Wir wachen beide gleichzeitig auf, weil draußen jemand im Gang den Staubsauger aufgedreht hat und beschließen – vielleicht aus einer Form des Protests heraus – nebeneinander im Bett liegen zu bleiben, obwohl wir jetzt noch die Gelegenheit hätten, das Bett zu wechseln.

„Sagen wir, dass uns kalt war?"

„Die Heizung läuft, aber wir werden das trotzdem sagen."

„Glaubst du, dass sie Verdacht schöpfen wird?"

„Ehrlich gesagt denke ich nicht, dass sie sich bei uns beiden hochanständigen Kindern etwas denken wird, was die Tendenz eines Skandals vermuten lässt."

„Wahrscheinlich hast du recht. Was machen wir in der nächsten Nacht?"

„Wir werden wohl wieder hier liegen, trotz erhöhter Heizleistung immer noch frieren und der Versuchung nicht widerstehen können, uns in dieselbe Euphorie der Glücksgefühle zu stürzen, wie wir es schon diese Nacht getan haben."

„Ganz genau."

Es wird leise angeklopft, die Tür jedoch nicht geöffnet. Wir sitzen keine zehn Minuten später beim Frühstück, nebeneinander, und unterhalten uns leise. So leise, dass unsere Großeltern nichts davon mitbekommen. Und wir genießen das Gefühl, die Beziehung zwischen Cousin und Cousine gestärkt zu haben.

Ina B.: Geboren 2000; in sehr guten Verhältnissen aufgewachsen; Cousine von Konstantin F.

Konstantin F.: Geboren 1999; in sehr guten Verhältnissen aufgewachsen; Cousin von Ina B.

# KÜNSTLERISCHE IRONIE DER FREIHEIT

Sie liegt neben mir. Ich küsse sie für einige Momente auf den Mund, sie wacht auf. Verschlafen sieht sie mich an und erkundigt sich nach der Uhrzeit: „Guten Morgen, mein Liebster. Wie spät ist es denn?"

„Kurz nach zehn. Du hast sehr lange geschlafen, aber ich wollte dich nicht aufwecken."

„Das war sehr lieb von dir. Danke."

„Kein Problem. Weißt du noch, wovon wir gestern gesprochen haben?"

„Wie könnte ich es jemals vergessen. Dieselben Träume zu haben ist die Basis jeder Beziehung."

„Wie recht du hast." Verträumt sieht sie mich an. Eine Beziehung mit ihr ist alles, was sich ein Mann je wünschen kann. Das ist alles, was meine Freunde bei ihr erreichen wollten. Und ich habe es erreicht, ohne es auch nur in irgendeiner Form bewusst zu wollen. Jetzt, eine Nacht danach, will ich dasselbe wie meine Freunde mit dem Unterschied, dass ich es schon erreicht habe. Meine Freunde. Sie werden mich hassen. Wie muss das ausgesehen haben? Aber ich habe dieser Frau beim besten Willen nicht widerstehen können. Wer hätte es gekonnt? Schlussendlich bin ich vor ihr auf die Knie gegangen, um sie davon zu überzeugen, dass es nur würdig ist, an ihrer Stelle verehrt zu werden.

Vor dem Bett steht ein großer rechteckiger Kamin, dessen hinter Glas loderndes Feuer, gut sichtbar ist. Immer wieder schlagen die Flammen hoch. Blau schimmert das Feuer, strahlt eine gewaltige Wärme aus. Das Zimmer, ihr Schlafzimmer, ist nur sehr minimalistisch aber anscheinend immens teuer eingerichtet. Zumindest hat man das Gefühl, in einem gläsernen Palast zu liegen. Es strahlt eine Reinheit und Richtigkeit aus, die in absolutem Einklang mit ihrer Person auftritt. Ganz erklären kann ich mir all das nicht. „Solange ich mir selbst ehrlich bin, möchte ich versuchen etwas unter den Menschen zu verändern", unterbricht sie meine Gedanken.

„Verständlich." Erst jetzt fällt mir wieder ein, dass sie eine neoliberale, selbst ernannte Freiheitskämpferin ist, die ihre Gedanken durch das Verfassen von Büchern in den Köpfen der Menschen festigen will. Ihr größter Wunsch sei, so erklärte sie mir gestern, dass alle Menschen das Recht darauf hätten, ihre verdiente Anerkennung zu erfahren. Beeindruckt von ihren Bestrebungen müssten doch alle Menschen sein, ob sie ihr nun zustimmten oder nicht. Sie ist die intelligenteste Frau, die ich je getroffen habe. Und attraktiver als jede andere. Und gleichzeitig ist sie das utopischste Wesen dieser Welt. Sie ist sich ihrer Situation, ihrer Position besser gesagt, bewusst. Zu genießen weiß sie es, das steht außer Frage. Wie viele Männer hat sie wohl schon unglücklich gemacht? Nachdem sie ihnen indirekt Hoffnungen gemacht hat und dann ihre kühle, analytisch programmierte Seite hat durchblicken lassen? Sie ist der Grund, mein Grund, Gast auf dieser Welt zu sein. Je mehr ich darüber nachdenke, je öfter ich ihren makellosen Körper berühre, desto bewusster wird mir, dass diese Frau, meine Geliebte, ein Geschöpf von belangloser Nichtigkeit ist. Mit diesem Wissen fühlt sich der ganze gestrige Abend in einer gewissen Art und Weise unnötig an, aber irgendwie auch wieder nicht. Schließlich kann man nicht noch einmal solch einen Höhepunkt des Glücks erleben. Immer noch nicht kann ich mich entscheiden, ob ich sie nach unserem jetzigen Stand der Dinge fragen soll. Meine Neugier ist grenzenlos. Meine Gier nach ihr ebenfalls.

„Beziehungen, mein Lieber, sind wichtig. Aber man muss sich auf jeden Fall bereit dazu fühlen."

„Absolut. Und fühlst du dich im Moment dazu bereit?

„Im Moment schon, ja." Sie spricht in Rätseln, was auch immer sie sagt. Sie ist die Personifikation der Sünde. Oder der Verführung. Sie steht für die Verführung. Nein, richtiger noch. Sie ist die Verführung. Der Champagner, den sie genüsslich in sanften Schlucken trinkt, entspricht der Farbe ihrer Haare. Nicht mein Typ eigentlich. Genau das habe ich mir gestern auch schon gedacht. Aber einige ihrer Worte wirken auf mich so berauschend wie Partydrogen auf andere. Eine Illusion, die der Vorstellung entsprungen ist und jetzt neben mir liegt. Kann ein Mensch in diesen Momenten glücklicher sein als ich? Sehr unwahrscheinlich, wie ich finde.

Breit grinst sie mich an, ihre strahlend weißen Zähne kommen zum Vorschein. Erst jetzt fällt mir die markante Länge ihrer Nase auf, die aber keineswegs stört. Ganz im Gegenteil. Ihre Augen sind ein undefinierbares Meer an blauen und grünen Farbtupfen. Zärtlich lege ich meine Hand auf ihre Wange, ziehe sie an mich und küsse sie. Sie erwidert meinen Kuss mit einer gewaltigen Kraft, als hätten wir gestern nicht schon genug Zeit damit verbracht. Sie bringt mich ans Ende meiner Vorstellungskraft und darüber hinaus. Eine Situation, die man nicht unbedingt verlieren will. Aber immerhin habe ich diesen

Horizont, diese Grenze, wenigstens einmal überschritten. Das Glück ist an diesen Orten so viel leichter erreichbar. Es ist schon fast greifbar – wahrscheinlich bräuchte man nur noch ein wenig Zeit, um es zu fassen und festzuhalten. Eine Metapher für das Leben. Sitzt vor mir die Zukunft oder nur ein zukünftiger Schatten meiner Vergangenheit?

„Weißt du, wie es ist, wenn du nichts in deinem Leben machen kannst, ohne dass du das Bedürfnis verspürst, darüber zu schreiben? Das ist kein richtiger goldener Käfig, weil man nicht im Geringsten das Bedürfnis verspürt, etwas daran zu ändern. Trotzdem in einer gewissen Weise einschränkend. Aber man will eine Veränderung bei anderen Menschen erreichen. Ein Buch, musst du wissen, ist für mich ein gutes Buch, sobald es einen einzigen Leser außer dir selbst gibt, dem ein neuer Lebensweg gezeigt wird, den er erwägt einzuschlagen oder genug zu verachten lernt, um ihn nicht einzuschlagen. Ich habe im Moment solch eine Lust, über unsere Nacht zu schreiben, aber jetzt zu schreiben zu beginnen, wäre unhöflich."

„Nicht wenn ich dir dabei zusehen darf."

„Wie auch immer du willst." Bevor sie noch den Satz beenden kann, hat sie schon ein kleines schwarzes Notizbuch aus dem Nachtkästchen geholt und aus einer kleinen blauen Kiste einen goldenen Füllhalter. Wie man sich das vorstellt, denke ich und, als könnte sie meine Gedanken lesen, sagt sie:

„Das hast du dir wahrscheinlich genauso vorgestellt, habe ich recht?", sie lacht verschmitzt.

Ich nicke kurz, sie legt sich auf den Bauch und beginnt, etwas aufzuschreiben. Sicher eine halbe Stunde liegt sie so da, überlegt immer wieder kurz, bevor sie weiterschreibt. „Die adäquaten Worte finden" nennt sie das. Beeindruckt von ihrer Konzentration, ihrer Konsequenz und ihrer Verbissenheit, die sie zeigt, indem sie nicht eher aufgibt, bevor sie ein für sich adäquates Wort gefunden hat, empfinde ich es als sehr spannend, sie zu beobachten. Das Beste ist gerade gut genug, könnte man meinen. Sie ist eine Perfektionistin. Sie liebt es den Füllhalter verspielt an die Lippen zu halten. Eigentlich will ich diese Lippen jetzt küssen, aber jetzt sollte ich sie besser in Ruhe lassen, sage ich mir. Gut so. „Danke, dass du so viel Geduld mit mir hast. Das werde ich dir nie vergessen", lobt sie mich, nachdem sie das Schreibgerät schlussendlich zur Seite gelegt hat. Ich hätte in diesen Momenten auch gerne angefangen, ein Buch über diese Frau zu schreiben. Hätte ich es nur getan, aber ich hätte mich zu sehr geschämt, hätte gerade sie meine Notizen gelesen.

„Die Gesellschaft ist keine Dauerlösung. Ganz sicher nicht. Wir sind alle dazu verdammt durch den Neid der anderen unterzugehen. Neid ist die Wurzel allen Übels. Es gibt kein anderes Motiv für jegliche Verbrechen gegen die Menschlichkeit als das des Neides. Natürlich kann man die unterschiedlichen Erscheinungsformen anders betiteln, aber denkt man näher darüber nach, ist es wieder der Neid, der uns zu dem macht, was wir sind – verachtenswerte Menschen", sie schiebt sich dabei eine Erdbeere genüsslich in den Mund. Die Farbe ihrer Lippen gleicht dem Farbton der Erdbeeren. Am liebsten würde ich diese Lippen jetzt küssen, aber ein gewisses Gefühl sagt mir, dass es jetzt wirklich wichtigeres gibt. Ich muss mir über unsere Situation im Klaren sein. Deshalb möchte ich ihr eine Frage stellen, deren Banalität und Massentauglichkeit fast lächerlich erscheint. Jetzt schon schäme ich mich dafür.

„Liebst du mich denn?", frage ich sie angeregt und leicht ungeduldig.

„Immerhin verachte ich dich nicht. Den Drang etwas zu schreiben müsstest du haben, sonst verstehst du mich nicht."

Peinlich berührt drehe ich mich auf die andere Seite, starre die

Wand an und freue mich darüber wenigstens für eine Nacht ihr Spielgefährte gewesen zu sein. Ich schwöre mir, all das niederzuschreiben.

Anika L.: Geboren 1995, erzielte im Jahr 2018 den größten Erfolg in der Bestsellerliste seit Aufzeichnungsbeginn mit einem Roman über einen gewissen Pascal P., träumt immer noch von einem gemeinsamen Leben mit dem Vorbild für ihre Romanfigur

Pascal P.: Geboren 1995, veröffentlichte 2018 seinen ersten Roman über eine gewisse Anika L., träumt immer noch von einem gemeinsamen Leben mit dem Vorbild für seine Romanfigur

# DER AUSERWÄHLTE SEIN

Es ist unerträglich zu sehen, wie sie angestarrt wird. Mit ihren gierigen Blicken ziehen sie meine Liebe fast schon aus. Ihre bewusst gewählte, an keiner Stelle durchsichtige Bluse erleichtert ihnen das sichtlich nicht. Wie viele von euch stehen denn wirklich Schlange, um sie aufgrund ihres Meisterwerks um ein Autogramm zu bitten? Gerade jetzt steht wieder ein Mann vor ihr, hält ihr eine abgeknickte Autogrammkarte ungeduldig hin, ist von ihrer Abwesenheit zunächst nur erstaunt, dann aber enttäuscht, als sie sich leicht nach vorn beugt und dabei bedächtig ihre dunkelblaue Bluse zuhält. Sie betrachten sie als entmenschlichtes Objekt, vor dem sie keinerlei Hemmungen zeigen müssen. Bei keiner anderen Frau würden sie das je wagen. Was sie aber nicht wissen ist, dass es bereits jemanden in ihrem Leben gibt, der ihr wirklich etwas bedeutet. Und dieser jemand beobachtet gerade aus sicherer Entfernung das Geschehen. Ihr sei es nämlich lieber, wenn jemand auf sie aufpasst, während sie so vielen Menschen auf einmal hilflos ausgesetzt ist. In Wahrheit ist es nur ein Versehen, nein, besser noch ein Fehler, dass sie hier steht.

Denn eigentlich ist es ihr zutiefst unangenehm, sich abseits der Bühne ihren sogenannten Fans auszusetzen. Hätte sie gewusst, was mit der Veröffentlichung ihres ersten Meisterwerkes in Verbindung steht, wäre sie vermutlich niemals zu dem geworden, was sie jetzt ist. Sonst hätte sie sich niemals darauf eingelassen, vor derart vielen Menschen zu stehen, mit ihnen zu reden oder generell auch nur in der Öffentlichkeit erkannt zu werden. Ihre Scham vor Menschen zu sprechen, ihre Art sich das Gewand zurechtzuziehen aus ungezügelter Unsicherheit und die allgemein unverkennbare Unruhe, die wie ein lange inaktiv geglaubter Vulkan zu lauern scheint und mit baldiger Sicherheit in seiner vollen Kraft auszubrechen droht, macht auch mich nervös.

Ein Mann, der mich schon seit einiger Zeit beobachtet hat, stellt sich neben mich und verschränkt die Arme dicht vor seinem schlanken Körper. Abwechselnd betrachtet er sie und mustert die Blicke, die ich ihr zuwerfe.

„Ich weiß, was Sie sich jetzt denken", behauptet er.

„Das glaube ich ehrlich gesagt wirklich nicht", antworte ich in emotionsloser Abwesenheit.

„Ich bin aus genau demselben Grund hier wie Sie", fährt er etwas forsch fort.

„Auch das kann ich mir beim besten Willen nicht vorstellen."

„Ihre Blicke sagen doch alles. Ich kenne mich da sehr gut aus. Habe das gleiche Problem selbst einmal gehabt. Es sollte zuerst wohl einfach nicht sein, aber schlussendlich hat es dann doch funktioniert. Machen Sie sich nichts draus. Aber sie ist es nicht wert, dass jemand einen Gedanken an sie verschwendet. Der Erfolg scheint ihr inzwischen ein wenig zu Kopf gestiegen zu sein."

„Sie wirkt eigentlich nicht so. Ganz im Gegenteil."

„Machen Sie sich darüber einmal keine Sorgen. Damit kenne ich mich sehr gut aus."

„Woher beziehen Sie denn ihre grenzenlose Weisheit?"

„Ich hatte selbst einmal das "Vergnügen" mit ihr das Bett zu teilen", spuckt er begleitet von falscher Selbstherrlichkeit aus. Sein Grinsen erreicht, als ich ihn mit einem abwertenden Blick betrachte, ein Maximum.

„Darf ich Ihnen eine Frage stellen?"

„Sicherlich, aber bitte nichts zu Intimes, denn das werde ich aus Rücksicht auf sie natürlich nicht beantworten."

„Ich bewundere Ihr Verständnis und Ihre Höflichkeit ihr gegenüber. Aber zurück zu meiner Frage: Glauben Sie tatsächlich, dass ich Ihnen abnehme, dass Sie hier Ihre Ex-Freundin stalken, von der sie behaupten, dass sie nicht wirklich eine Bereicherung im Bett und damit ja auch für ihr Leben war?" Er nickt anfänglich kurz grinsend, wird dann aber ernster.

„Sie müssen es ja nicht glauben. Das habe ich Ihnen ja auch nicht aufgetragen."

Ich sage nichts mehr, lasse ihn von mir abgewendet stehen und wechsle meinen Platz. Er erinnert mich ein wenig an mich in jüngeren Jahren, weshalb ich ihm trotz alledem nicht böse sein kann.

Ich nehme meine Kopfhörer aus der Hosentasche und lausche ihrer Stimme, während ich sie, zwanzig Meter von mir entfernt sitzend, genau mustere. Ich realisiere einmal mehr, dass ich mir keines ihrer Lieder mehr anhören kann, ohne sie dabei zu betrachten. Die Emotionen, die ihre Stimme übermitteln, spiegeln sich in ihren Bewegungen wider. Glücklicherweise, für sie, für die breite Masse an gierigen Blicken und mich, wird ein großer, schwarzer mit Gold verzierter Flügel in den Raum geschoben. Die Männer, die sich mit dem Flügel über die kleinen Stufen quälen müssen verwünschen sie wahrscheinlich gerade für den extravaganten Wunsch, immer ihren eigenen Konzertflügel zu verwenden. Aber sie besteht darauf, jedes Mal und überall. Wo auch immer sie hinkommt, ist ihr Flügel, genauso wie auch ich es seit drei Jahren bin, dabei. Aber sonst ist sie nicht wirklich anspruchsvoll, wie ich finde. Sie ist die Bescheidenheit in Person. Gütig lächelt sie die drei schwitzenden Männer an, die nur kurz nicken und sich dann wieder entfernen. Sie verlässt sofort ihren Platz, nimmt das Mikrofon zuerst in die Hand, befestigt es schließlich und setzt sich an den Flügel. Auch hier vergisst sie ihr Lächeln nicht. Ihre suchenden Blicke treffen mich, wie vor jedem Lied, das sie in der Öffentlichkeit vorträgt. Kurz und mit genau so einem freundlichen Lächeln nicke ich ihr zu, woraufhin sie ihre Finger langsam und vorsichtig, so, als könnte sie den Flügel verletzen täte sie es nicht, bedächtig auf die Tasten legt. Daraufhin setzen die ersten Töne und mit ihnen schließlich ihre Stimme ein.

In dem Moment, in dem das erste Mal ein leises Keuchen zu hören ist, durchfährt mich ein Gefühl der Wärme und das obwohl es außer ihr wahrlich keinen Menschen gibt, der dieses Lied öfter gehört hat als ich. Ihre tiefe Stimme wird durch eine zarte dahingesummte Melodie, deren Klang aber trotzdem so gewaltig ist, dass sie eine ganze Konzerthalle damit zum Schweigen bringen könnte, abgelöst. Hohe Töne, die sie für eine besonders lange Zeit betont, rauben mir und dem gesamten Publikum den Atem. Wie eine einzige Stimme so harmonisch, so fragend, so melancholisch und erregend zur gleichen Zeit sein kann, ist mir ein Rätsel. Diese kühle Distanziertheit vermischt mit tiefsten Emotionen, die sie vermittelt, animiert dazu, sich voll und ganz ihrer Stimme hinzugeben. Jedes gesungene Wort lässt einen in völlige Traurigkeit niederbrechen. Diese freudige Erfahrung, die man verspürt, sobald sie wieder einen Ton von ihren Lippen gleiten lässt, der sehnsüchtiger nicht hätte wirken können, macht abhängig. Immer schon habe ich mich von ihren Texten direkt angesprochen gefühlt, seit wir unser Leben gemeinsam verbringen dürfen, jedoch viel mehr. Und das obwohl sie meist nichts Gutes verheißen. Sie erinnern mich jeden Tag daran, sie mehr zu lieben, immer mehr und mehr. Vor einigen Jahren habe ich gedacht, dass es nicht die eine, die einzig wahre Liebe gibt, die jeden Tag süchtiger macht als am Tag davor. Vielmehr habe ich das Gegenteil erfahren – dass die Liebe von Tag zu Tag abnimmt, man bereit ist weniger füreinander zu tun und letztlich auch kein Miteinander mehr anstrebt. Aber es gibt sie. Ich darf diese echte, unverfälschte Liebe seit drei Jahren erfahren. Sie ist ungetrübt von Äußerlichkeiten, von anderen Verführungen und von fremden Gedanken. Die sanft, unschuldig wirkende, bettelnde Stimme erzielt ebenfalls ihre Wirkung bei mir. Ihre Lippen gleichen einem Spiel, das man weder gewinnen noch verlieren kann. Man kann es nur genießen, wohlwissend, dass andere ebenfalls danach dürsten, dieses Spiel probieren zu dürfen.

Die Leidenschaft, mit der sie ihr Lied vorträgt, ist an jedem ihrer konzentrierten und gleichzeitig abwesenden Blicken zu erkennen. Ihre blaugrünen Augen beginnen zu funkeln, Tränen füllen sie aus und unbeirrt trifft sie jeden Ton am Flügel. Die rötlich gelockten, mehr als schulterlangen Haare, fallen mit jeder Bewegung elegant auf die Tasten. Die dicken Augenringe sind durch Make-up verdeckt, farblich auf ihre Bluse abgestimmt und glitzern beim genauen Hinsehen. Sie blickt kurz in meine Richtung, nachdem sie das Lied beendet hat, und ich verliere mich in ihrem leicht verschlafenen, trotzdem überwältigend herzerweichenden Blick. Sie steht auf, lächelt kurz und man sieht ihr an, dass sie nach so vielen Jahren immer noch nicht weiß, wie sie mit Applaus umgehen soll. Man könnte meinen, sie wäre ein Grundschulkind, das vom Lehrer zum ersten Mal vor der gesamten Klasse gelobt wird. Ein Handgelenk umfasst das andere und ich weiß, dass es Zeit ist, sie aus dieser Situation zu befreien.

Sie würden sich alle am liebsten eine Nacht mit ihr um die Ohren schlagen, wie man an ihren erregten Blicken und Worten erkennen kann. Als kenne sie ihren eigenen Künstlernamen nicht, rufen sie ihr diesen zu und hören gar nicht mehr auf zu applaudieren.

Ich werde den Moment genießen, weiß ich jetzt schon. In meinen dunklen Mantel gehüllt, den Schal dicht um den Hals gewickelt, springe ich in kleinen Schritten so unfallfrei wie nur irgend möglich das kleine Podest empor, nehme sie kurz in den Arm und weil ihre Münder noch immer nicht weit genug offen stehen, küssen wir uns und machen uns nicht ohne den Anblick der staunenden Gesichter noch einmal genossen zu haben, Hand in Hand aus dem Staub. Uns wird zwischen der Menschenmasse Platz gemacht. Mehr oder weniger bereitwillig stolpern vor allem die Männer zur Seite. Sie sind größtenteils weit über ihr Alter hinaus, recken ihre Köpfe wie Hyänen und zerfleischen mich in ihren Gedanken. Den Hass, den Neid jedes Einzelnen kann ich förmlich spüren.

„Soll ich aufhören?", flüstert sie mir immer noch mit einem sanften Lächeln auf den Lippen zu.

Ich nicke. So als stünde ich in einer wohlriechenden Parfumwolke nehme ich unauffällig einen besonders großen Atemzug und schließe für einen Moment meine Augen, spüre die Kälte ihrer Hand und bin mir nun einmal mehr dessen bewusst, dass sie mir, nur mir ganz allein, gehört.

Jasmine B.: Geboren 1996; erfolgreiche Popsängerin; hat Anfang des Jahres 2019 ihre Karriere beendet, da sie sich offiziell diesem Erfolg nicht mehr gewachsen gefühlt hat – in Wahrheit, weil sie ihren Partner und jetzigen Ehemann

Christoph B. verletzt hat, indem sie ihre Persönlichkeit für eine Vielzahl an Erfolgserlebnissen de facto verkauft hat

Christoph B.: Geboren 1997; inzwischen erfolgreicher Schriftsteller; hat Ende des Jahres 2019 Jasmine B. geheiratet, nachdem sie ihre Karriere als Popsängerin beendet hat

# DES WINTERS WÄRME

Das letzte Bild von ihr hätte ich mir besser nicht ansehen sollen. Was ich mir damit wieder antue, hätte ich eigentlich schon im Vorhinein wissen müssen. Ich kenne ja meine Reaktionen, sobald ich sie sehe. Was ist nur aus mir geworden? Oder besser noch – was hat sie nur aus mir gemacht? Wahrscheinlich geht alles, was ich brauche gerade neben mir und hält meine fast steife, vor Kälte aber trotzdem noch etwas zitternde Hand ganz fest in der ihrigen. Sie klammert sich an mich, lässt mich nicht mehr los und verweigert mir jegliche entgegengesetzte Bewegungen, die krampfhafte Versuche unternehmen, sich ihr zu entreißen. Meine Hand. Ich will sie doch nur in meine Jackentasche stecken, um sie vor den eisigen Windstößen zu schützen. Ein sinnloses Unterfangen. Wahrscheinlich gehe ich Hand in Hand – sofern man das so nennen kann – mit meiner Zukunft. Meine Zukunft scheint bitter zu sein, überlege ich kurz. Aber wenn das meine Zukunft ist, was soll dann noch kommen? War das schon alles? Habe ich die besten Zeiten schon hinter mir oder wartet verborgen im Rhythmus der Uhr noch etwas auf mich, über das es sich zu freuen lohnt? Meine Träume habe ich heute eigentlich schon ganz anders gesehen. Ohne Entbehrungen und Aufschübe. Fernab der Alltäglichkeit, die in Wahrheit nur ein Übergangsstadium ist. Alltäglichkeit, das ist die langweilende Monotonie des in Bedeutungslosigkeit versinkenden Lebens. Das ist der Inbegriff meiner Angst, also all das, wogegen es sich zu kämpfen lohnt.

Wir warten auf die Speisekarte, als sich mir die Gelegenheit bietet, das Bild für ein letztes Mal – so versichere ich mir – anzusehen. Ihr sehnsüchtiger Blick in die Ferne eines Landes, das für Freiheit, Glück und Selbstvertrauen steht, all das unter einer Hülle aus selbst verschuldetem Ehrgeiz verbirgt und dabei die Chancengleichheit aller Menschen suggeriert, wirkt ihrem zarten Charakterbild entsprechend. Unter ihr gehen Menschen an einem Geländer entlang und wirken fast suchend, so als wüssten sie nicht wie sie ihre Position, ihre Stellung in der Gemeinschaft aller Menschen, jemals erreichen sollen. Golden glänzendes Licht, das von der letzten Kraft der untergehenden Sonne zu vermuten ist, unterstreicht den Rotgehalt ihrer sonst so dunkel anmutenden Haare. Ihr Profil kann man teilweise nur erahnen, da sich einzelne Strähnen des sorglos gebändigten, lockigen Haars, frech in den Vordergrund drängen. Trotzdem erkennt man ein angedeutetes, nicht wirklich vollendetes und nachdenklich wirkendes Lächeln, das auch mit der Wirkung ihrer Augen konform geht. Ein silberner, fast welliger Ohrring ziert ihr linkes Ohr und stimmt in der Form mit den teils nach hinten gesteckten Haaren überein. Genauso geschmackvoll wirkt auch ihr dunkelblaues Kleid, das an Anständigkeit nicht zu wünschen übriglässt. Den einzigen Einblick, den sie damit gewährt ist derjenige auf ihre, von sanften und zugleich unglaublich klaren Strukturen gezeichneten, Schultern. Die unsicher an den Körper angelegten Hände wirken so dünn, so fragil, dass man in Versuchung gerät, ihnen eine Stütze zu bieten. Ein Ring glitzert an ihrer linken Hand. Im Hintergrund gleicht der Himmel zumindest farblich dem Meer. Zu oft schon habe ich diesen Ort im Reiseführer bewundert, umso schmerzlicher ist es nun ertragen zu müssen, dass ich ihn vermutlich nie mit eigenen Augen sehen werde. Sie, ja sie war schon dort. Wo war sie eigentlich noch nicht? Welcher Sehnsuchtsort fehlt ihr noch auf ihrer Reise durch die schmerzlichsten Empfindungen aller ihrer Verehrer?

Mir gegenüber sitzt meine Begleitung, die immer noch sehr beschäftigt damit ist, sich über das schlechte Service des Restaurants zu echauffieren. Ich nicke, mache mal einen zustimmenden Ton, mal eine Geste der Zustimmung und hin und wieder versuche ich zu besänftigen, was an Besänftigung überhaupt noch möglich ist. Die kleinen Unzufriedenheiten des Lebens – denke ich – sind doch gar vernachlässigbar im Vergleich zu den echten Problemen im sozialen Miteinander. Mein größtes Problem, fällt mir dann ein, besteht aber eigentlich gar nicht im sozialen Miteinander, sondern eher im sozialen Ohneeinander. Ich will doch nur … Ja was will ich denn nur? Ich habe doch alles. Ja. Ich habe alles, aber im Vergleich zu anderen eben zu wenig. Am liebsten wäre ich jetzt in dem Land, das für Freiheit, Glück und Selbstvertrauen steht. Vielleicht tut es das zu Unrecht, aber eigentlich kommt es mir darauf ja gar nicht an. Eigentlich ist es ja etwas ganz anderes, das ich von diesem Land will. Etwas, das ich will und nie bekommen werde. Aussichten auf ein Leben, das es wert ist, gelebt zu werden.

Die Speisekarte wird gebracht und die Bestellungen mehr oder weniger forsch aufgenommen. Meine Gedanken liegen gerade irgendwo weit über dem Ozean. Ist es ihr Erfolg oder doch eher ihre Unerreichbarkeit, die sie so attraktiv macht? Steigt Liebe mit Unerreichbarkeit oder gehört mehr dazu? Sicherlich, aber alles andere kann ich mir im Moment nicht erklären. Aber sie wirkt nicht glücklich, das ist mir ein Trost. Wäre sie nämlich glücklich, würde ich die Überflüssigkeit meiner Verehrung erkennen. So aber weiß ich, dass sie denjenigen noch nicht gefunden hat, der ihr den Weg zum Glück zeigen kann oder eben denjenigen, mit dem sie in völliger Abwesenheit jeglichen Verstandes und Zukunftsbewusstseins leise vor sich hin weinen kann. Ein Hauch von Zufriedenheit eröffnet sich mir und lässt mich zumindest das Essen genießen. Auf den Gedanken, dass sie vielleicht gar niemanden braucht, um glücklich zu sein, komme ich zwar, jedoch verdränge ich ihn schnellstmöglich wieder aus meinen schier sinnlosen Konstrukten verschiedener Albtraumerfahrungen. Den letzten Schluck Wasser genommen werde ich aber unsanft daran erinnert, dass sie entgegen meiner Wenigkeit nicht viel vom antialkoholischen Lebensstil hält und das eventuell nur ein Indiz dafür ist, dass sie gar nicht so perfekt ist, wie ich anfangs dachte.

„Möchtest du noch etwas trinken gehen?", fragt meine Begleitung, als könnte sie in meinen Gedanken blättern, wie in einem Buch.

„Können wir machen."

„Ich kenne da noch eine Bar um die Ecke, die auch antialkoholische Cocktails hat. Ist zwar keine besonders große Auswahl, aber immerhin."

„Ja", sage ich beschämt, werfe einen verstohlenen, leicht ängstlichen Blick auf mein leeres Wasserglas und hinterfrage meine Haltung gegenüber Alkohol. Meine Begleitung akzeptiert meine Grundhaltung und hat mich deswegen noch nie ausgelacht, was meine Studienkollegen teilweise schon getan haben. Zwar habe ich daraufhin jeglichen Kontakt mit ihnen vermieden, aber trotzdem wird mir immer mehr bewusst, dass das wohl die Reaktion des Großteils aller

Menschen auf solch eine Einstellung wäre. Da ich sie nicht kenne, könnte auch sie eine solche Reaktion zeigen. Schließlich ist sie selten auf einem Bild ohne ein Weinglas in der Hand zu sehen.

Nach zwei alkoholfreien Cocktails, einem verwunderten Barkeeper, der meine Grundhaltung Alkohol gegenüber anscheinend auch für sehr befremdlich hält und zahlreichen Gesprächen über Prüfungen an der Universität, die meiner Begleitung noch fremd sind, brechen wir zu einem langen Spaziergang auf.

„Du wirkst heute etwas abwesend, was ist denn los?"

„Gar nichts. Ich habe nur ein wenig Kopfweh", antworte ich schnell, um weiteren Fragen dieser Art entgehen zu können. Es ist immer ein gutes Motiv vorzugeben, eine physische Krankheit zu haben, um nicht auf mögliche mentale Unsicherheiten angesprochen zu werden. Ich bin mir sicher, dass meine Begleitung genauso gut wie ich weiß, dass ich keine Kopfschmerzen habe, es mir eigentlich zumindest körperlich sehr gut geht und mein einziges Problem eines ist, das in Wirklichkeit keines zu sein bräuchte. Meine Begleitung nickt verständnisvoll, weist mich darauf hin, dass es bei solch einem Wetter keineswegs abwegig ist, Kopfschmerzen zu bekommen und versichert mir damit, dass sie mich durchschaut hat. Genauso wie ich will sie aber wahrscheinlich nicht realisieren, was das in Wahrheit bedeutet. Wir fürchten uns beide viel zu sehr davor. Mit den Gedanken wieder weit über dem Ozean, schaffe ich es jetzt, mich auf die Natur einzulassen. Alles wirkt so trostlos, so alt, so bekannt. Man würde am liebsten endlich einmal in der Lage dazu sein, seinen Ort zu wechseln, zu einem Sehnsuchtsort aller Verehrer, der als trügerischer Schlüssel der einzigen Verbindung, die je eine richtige Zukunft haben könnte, dient. Ich bleibe stehen, meine Hände sind jetzt noch viel steifer als davor, ich kann die Hand meiner Begleitung schon fast nicht mehr halten. Erstaunt sieht sie mich an, als ich sie Hand langsam wieder in meine Jackentasche stecke, zu ihrer Freude aber die andere herausziehe und ihr hinhalte. Dabei flüstere ich so leise wie möglich: „Mir ist so kalt. Geh. Ich möchte nicht erfrieren."

Sie hat gesehen, dass sich meine Lippen bewegten, und erkundigt sich danach, was ich denn gesagt hätte, worauf ich mit „Gar nichts. Ich liebe dich" antworte.

Jason U.: Geboren 1996; seit zwei Jahren ein Paar mit Sophie T.; aus Rücksicht auf Sophie T. noch mit ihr zusammen, obwohl er sich in Jasmine B. verliebt hat

Sophie T.: Geboren 1998; seit zwei Jahren ein Paar mit Jason U.; aus Rücksicht auf Jason U. noch mit ihm zusammen, obwohl sie inzwischen schon Affären mit drei anderen Männern hatte

Jasmine B.: Geboren 1996; seit über drei Jahren Single; reist viel, um sich vom eigentlichen Kummer ihres Lebens abzulenken; auf der Suche nach einem Partner, der ihren Lebensstil mit ihr teilen möchte

## PLÄDOYER GEGEN DIE OBERFLÄCHLICHKEIT

Auf einen guten Tag folgt der Richtigkeit halber ein weniger guter Tag. Auch heute ist das – der Richtigkeit halber versteht sich – der Fall. Das bevorstehende Treffen bedrückt mich schon seit Tagen und raubt mir den Schlaf. Freundschaften zu pflegen ist wichtig, habe ich ihm eingeredet. Zuerst hat er sich geweigert, ihn überhaupt als Freund zu akzeptieren. Irgendwie verstehe ich ihn ja schon, aber meiner Meinung nach übertreibt er maßlos. Das sind vielleicht drei Stunden, die er mit einem Menschen ertragen muss, den er ja immerhin jahrelang sehr gern hatte. Die ganze Schulzeit haben sie sich miteinander um die Ohren geschlagen, aber das war wahrscheinlich auch nur möglich, weil Martin weit erfolgreicher war als sein Freund und eigentlich auch als jeder andere sonst. Gestern erst habe ich mich gefragt, warum er manchmal – inzwischen sogar immer öfter – so verbittert mir und seinem ganzen Umfeld gegenüber ist. Die Antwort kenne ich nur zu gut. Er hat mich, liebt mich und wird von mir geliebt, aber alle beruflichen Erfolge bleiben ausständig.

Andere würden sich als erfolgreich bezeichnen, hätten sie seine Erfolge erzielt. Durchschnitt zu sein ist aber noch nie seine Stärke gewesen, Mittelmäßigkeit zu ertragen ebenfalls nicht und gegen andere zu verlieren, erst recht nicht. Nein. Alle haben ihm gesagt, dass er es beruflich schwer haben wird, sollte er diesen Weg wirklich einschlagen. Sie haben sich alle geirrt. Er hat ihnen das Gegenteil bewiesen, allein schon deswegen, weil er sich vorgenommen hat, ihnen das Gegenteil zu beweisen. Aber auf irgendeine Weise haben sie auch recht behalten. Er hat es schwer. Wer ihm im Wege steht? Sein Ehrgeiz, sein Neid und sein Bewusstsein darüber, dass er eigentlich einen viel größeren Erfolg verdient hat, als den, den er jetzt verzeichnen darf. Das stimmt auch. Diesen Erfolg hätte er verdient, aber er kennt nicht die richtigen Personen in den richtigen Positionen. Oder aber er möchte diese Bekanntschaften nicht für das Wachstum seines Erfolges einsetzen, weil er sich somit Schwäche eingestehen müsste, was ich für wahrscheinlicher halte. Heute trifft er jemanden, der genau diese Bekanntschaften ausgenützt hat und sich ausgiebig daran bereichert hat, einen prahlenden und zugleich täuschenden Charakter entwickelt hat und – um es nicht zu vergessen – das niemals ehrlich zugeben würde.

„Er hat es geschafft. Er hat es wirklich geschafft. Er hat es geschafft, ohne es jemals wirklich zu wollen", flüstert er immer wieder. Es ist nur eine kurze Autofahrt, aber er hat mich – sehr zu meiner Verwunderung – darum gebeten, zu fahren. Ihm sei den ganzen Tag schon nicht besonders gut, um nicht zu sagen, sehr übel.

„„Du wirst überrascht sein, wer jetzt meine Freundin ist. Du kennst sie sicher noch", hat er mir versichert", zischt er vor sich hin.

„Wer kann das schon sein?"

„Keine Ahnung, das ist eigentlich mein geringstes Problem."

Als „die Oberflächlichkeit in Person" beschreibt er ihn, ohne ihn in den letzten zehn Jahren gesehen zu haben. Ich wundere mich immer noch über seine negative Einstellung. Dass ich seinen Freund Thomas in der Zwischenzeit schon ein paar Mal getroffen habe, lasse ich natürlich unerwähnt. Ich glaube nicht, dass ihm das ein Trost wäre.

„Vielleicht brauchst du ja auch gar keine Freundschaften", kontere ich in der Absicht, ihn vom Gegenteil zu überzeugen. In gewisser Weise funktioniert das auch. Abwesend antwortet er mir:

„Eine Freundschaft ist, was eine Beziehung in der Regel zu wünschen übriglässt."

Ich schweige für den Rest der Autofahrt, wissend, dass es keinerlei positive Auswirkungen hätte, mit ihm zu diskutieren. Normalerweise lässt er es sich nicht nehmen, unser Auto auf den Zentimeter genau einzuparken. Wahrscheinlich hat er Angst etwas falsch zu machen, sollte er beobachtet werden. Das ist eine logische Erklärung. Inzwischen kenne ich ihn besser als jeder andere. Manchmal bleiben mir die Gründe für einzelne Verhaltensmuster aber trotzdem noch verborgen.

Im Restaurant angekommen setzen wir uns an den reservierten Tisch und warten. Eine Viertelstunde sind sie auf jeden Fall schon zu spät. Ich weiß wie sehr er Unpünktlichkeit hasst. Ich eigentlich auch, aber ich kann sie seinem Freund verzeihen. Schließlich ist er ja sein Freund. Da kann man schon einmal eine Ausnahme machen. Seinen Äußerungen zufolge scheint er ihn aber nicht mehr als solchen wahrzunehmen. Es wirkt zumindest im Moment nicht so. Sein Freund kommt allein durch die Tür stolziert, sieht bebend vor Selbstvertrauen kurz auf die Uhr und entschuldigt sich unterwürfig für seine Verspätung. Er hätte noch auf seine bezaubernde Freundin warten müssen, meint er.

„Na hoffentlich hat es sich zu warten gelohnt", gibt er mir gegenüber kurz von sich, als Thomas sie holt, weil er sie aus Gründen der Überraschung, zuerst noch im Verborgenen gehalten hat.

Sie kommen Hand in Hand herein. Schnell blicke ich zu Martin, um seine Reaktion zu sehen. Er nimmt sie kurz nach mir wahr, sagt nichts und schaut für einen kurzen Moment in die Leere, dann gekränkt auf den Boden. Gequält schließt er die Augen, kann sich einen leichten Seufzer nicht verbieten, um dann mit einem aufgesetzten Grinsen „Wie schön, dich zu sehen" zu sagen. Obwohl sie nicht gemeint war, lächelt sie ihm kurz zu, begrüßt meinen Freund in einer selbstlosen Geste der Freundlichkeit und streckt ihm ihre Hand entgegen. Er nimmt sie hastig, ignoriert die Worte seines Jugendfreundes genauso wie dessen Hand, die auch er ihm nun zum Gruß hinhält, und küsst die ihrige. Dass er sich seiner Verehrung so hingibt, wundert mich tatsächlich sehr. Sie läuft rot an, stammelt verlegen ein „Freut mich sehr" und geht gar nicht auf meine ebenfalls zum Gruß ausgestreckte Hand ein. Während sein Freund und ich uns kurz und unbemerkt umarmen, dreht sie ihren Kopf leicht zur Seite und steckt sich mit zwei Fingern kunstvoll eine Haarsträhne, die offensichtlich absichtlich platziert war, hinter ihr zartes Ohr. Die beiden sehen sich verlegen an, lächeln immer wieder kurz und lassen sich erst nach einiger Zeit wieder los. Sie setzen sich zu uns an den Tisch – wir haben bereits Platz genommen – und warten darauf, dass jemand etwas sagt. Anscheinend haben sie erst jetzt bemerkt, dass ihre Begrüßung überdurchschnittlich viel Zeit in Anspruch genommen hat. Sie kennen einander nicht wirklich, aber sie hat wohl auch schon von ihm gehört. Ganz sicher sogar.

Unser Bekannter bricht das Schweigen, indem er von seinen letzten Erfolgen berichtet. Die Verlage seien ihm nachgelaufen, hätten ihm die besten Angebote gemacht und er hätte sie allesamt aus reiner Menschenfreundlichkeit vor den Kopf gestoßen, weil er seinem alten Verlag nicht schaden wollte.

„Wie rücksichtsvoll von dir", setzt Martin an.

„Ich weiß. Aber man muss immer im Kopf behalten, woher man kommt und was einen zu derjenigen Person gemacht hat, die man jetzt ist. Findet ihr nicht? Nur bei meiner Freundin habe ich nicht an Extravaganz und Besonderheit gespart, wie ihr seht." Sein Lachen wirkt leicht arrogant. Er deutet auf das, um mindestens einen Kopf kleinere Mädchen gegenüber von ihm, das sich gerade seine unglaublich langen Haare zurechtstreicht, dabei aber in Verlegenheit gehüllt, vergisst, den geschmackvollen, dunkelroten Schal auch noch abzunehmen. Sie trägt ein blaues, sehr wenig Einblick bietendes Kleid, das durch eine dunkle Strumpfhose ergänzt wird. Mir sind ihre zahlreichen Ringe und die zierlichen Diamantohrringe nicht entgangen. Die blauen Schuhe und die schwarze Lederjacke passen einfach perfekt. Sie strahlt eine lässige Eleganz aus, die auf Männer wahrscheinlich eher abstoßend wirken muss, denke ich. Ihr Gesicht ist nichtssagend, ihre Augenlider sind zwar geschminkt, strahlen aber trotzdem keine ästhetische Offenbarung aus. Roter Lippenstift. Ich kann mich nicht entscheiden, ob ich ihn einfach als billig abstempeln soll oder als geschmacklos auf höchstem, bislang ungekanntem Niveau. Nicht oft habe ich mir ihre Musik angehört, aber sie muss wohl eher deprimierende Wirkung haben. Allein schon ihr Gesichtsausdruck strahlt eine beeindruckende Traurigkeit aus.

„Das klingt fast so, als hättest du sie dir konfiguriert. Findest du nicht?", entgegnet er. Erschrocken sehen wir ihn an. Nur sie wirkt nicht erschrocken, sondern leicht amüsiert. Mir gefällt die Entwicklung des Gesprächs nicht. Erst recht nicht, als er von seinem Freund nach der Arbeit gefragt wird, wie es um seine Verkaufszahlen stehe und dieser davon berichtet, seine Freundin auf einer Gala kennengelernt zu haben.

„Ich liebe Galas über alles. So haben wir auch zueinandergefunden." Erstaunt blickt er sie an, woraufhin sie sofort einwirft, dass sie eigentlich keine Galas möge, er aber versucht hätte, sie vom Gegenteil zu überzeugen. Daran sei er obendrein kläglich gescheitert. Sie und Martin müssen kurz lachen, sein Freund und ich finden die Situation nur bedingt amüsant. Beide schweigen größtenteils, werfen einander aber genervte Blicke zu, wenn wir über die Arbeit sprechen und kleine Vergleiche anstellen. Sie echauffieren sich auch sichtlich über unsere Tischmanieren, was mir nicht entgeht. Schlussendlich kommt die Sprache auf das Schreiben, das die beiden ja in einer gewissen Weise verbindet.

„Wie findest du denn Inspiration zum Schreiben?", fragt er.

„Ich suche sie schlichtweg. Es ist nicht allzu schwer, sich auf die Suche zu machen, wenn man ungefähr weiß, worum es sich handeln soll", antwortet sein Freund in einer Tonlage, die Selbstverständlichkeit vermuten lässt.

„Das habe ich mir fast schon gedacht."

„Was soll das denn heißen? Du sagst das, als wäre es etwas Schlechtes das zu tun."

„Es ist vielleicht nicht der kunstvollste Weg, um … sagen wir einmal … bedeutungsvolle und emotionalisierte Literatur zu schaffen."

„Das heißt, du meinst, ich sei kein richtiger Literat."

„Ich habe es treffender formuliert, aber da dir das Formulieren nicht wirklich liegt, schätze ich einmal, dass dies die Übersetzung für geistige Anforderungen deines Niveaus ist. Ja."

„Ich glaube nicht, dass ich mir das von jemandem sagen lassen muss, der hundertmal weniger Verkaufszahlen hat als ich!" Sein Freund wird laut.

„Beruhigt euch doch! Das ist doch lächerlich!", werfe ich ein, woraufhin ich einen bösen Blick von ihrem sonst so freundlich anmutenden Gesicht ernte. Sie wartet scheinbar auf eine Eskalation. Warum tut sie das? Sie wirkt sonst immer so schüchtern. Sogar auf ihren Konzerten bringt sie kaum ein Wort heraus, wie ich aus Erzählungen weiß, und jetzt möchte sie die Aufmerksamkeit des gesamten Restaurants auf unseren Tisch lenken?

„Er hat recht. Du bist kein Literat und du wirst niemals einer sein. Deine sogenannte Literatur ist wertlose Zeitverschwendung. Schlimm genug, dass so viele Menschen darauf hereinfallen und wertvolle Minuten, ja vielleicht sogar Stunden und Tage ihres Lebens an deine Bücher verschwenden, wenn es zeitgleich auch solche gibt, die das Leben bereichern, die Menschen zum Nachdenken anregen und selbst eine beantwortete Sinnfrage noch infragestellen. Das einzige, was man bei deiner Literatur infrage stellen kann, ist, ob sie das Papier, auf dem sie geschrieben steht, überhaupt wert ist. Ich bin froh, dass ich kein einziges deiner Bücher zu Ende gelesen habe. Ich konnte es nicht. Es war eine Vergewaltigung meiner kognitiven Empfindungen. Eine Beleidigung." Sie steht auf, stützt ihre Arme auf den Tisch und beugt sich zu unserem alten Schulfreund hinüber.

„Und die Antwort auf diese Frage ist Nein", legt sie nach.

Auch mein Freund erhebt sich vom Sessel, nickt kurz und raubt seinem verdutzten Gegenüber den ohnehin schon angeschlagenen letzten Stolz, den dessen Freundin noch übriggelassen hat: „Man schreibt, wenn man etwas zu sagen hat, das man nicht sagen kann. Man schreibt besser nicht, wenn man erzwingen muss, etwas zu sagen zu haben." Ratlosigkeit in meinem Gesicht und in dem seines Freundes.

„So kenne ich euch beide nicht. Was ist nur in euch gefahren? Habt ihr denn gar kein Benehmen? Keinen Anstand?" Thomas setzt sich auf, steckt seinen Kragen im Sakko zurecht und nimmt einen kräftigen Schluck aus dem Weinglas, das vor ihm steht.

„Sollen wir keinen Anstand haben? Kein Benehmen?", fragt mein Freund die Freundin von Thomas.

„Ja, lass uns keinen Anstand haben. Kein Benehmen." Entschlossen geht sie auf ihn zu, stellt sich umso sanfter vor ihn und wartet kurz. Er schlägt beide Hände um ihre Taille, woraufhin sie ihre Hände über seinen Schultern hinter seinem Hals verschränkt. Verliebt sehen sie einander an, ihre Lippen berühren sich zuerst nur sanft, dann immer wilder bis sich ihre Zungen deutlich sichtbar ineinander verlieren und sie nur ungern und nicht, ohne sich ein letztes Mal zärtlich zu küssen, voneinander trennen, zurück auf ihre Plätze setzen und ihre Hände gegenseitig nicht mehr loslassen. Seine braunen Augen funkeln auf eine Art, die ich nicht kenne. Auf eine Art, die mir wahrscheinlich auch nie zuteilwerden wird. Die ihrigen schimmern blau, Tränen laufen über ihre Wange und sie verschwenden keine ihrer Blicke an uns beide, an mich und den Freund meines Freundes, selbst als wir uns dann endlich vom Tisch wegbewegen. Wir beobachten sie noch eine Weile durch das Fenster und wundern uns darüber, wie viel sie sich zu sagen haben, wie vertraut sie sind und welch eine Freude es ihnen zu sein scheint, dass wir nun endlich fort sind. „Er war immer schon ein Versager", gibt Thomas mir zu verstehen.

„Ich habe die Befürchtung, dass ich gerade die Liebe meines Lebens verloren habe", scherze ich, woraufhin wir beide lachen, uns eine Zeit lang umarmen, bis wir uns schließlich verabschieden, wissend, dass wir jetzt beide Zeit brauchen, um all das zu verstehen und vor allem um eines zu tun: um zu weinen.

Martin T.: Geboren 1990; Schulfreund von Thomas F.; nicht wirklich erfolgreicher Schriftsteller; führte eine Beziehung mit Anja G.; großer Fan von Jennifer A.

Thomas F.: Geboren 1990; ehemaliger Schulfreund von Martin T.; erfolgreicher Schriftsteller; hat eine Affäre mit Anja G.; führte eine Beziehung mit Jennifer A.

Jennifer A.: Geboren 1989; erfolgreiche Popsängerin; führte eine Beziehung mit Thomas F.

Anja G.: Geboren 1991; nicht wirklich erfolgreiche Schlagersängerin; hat eine Affäre mit Thomas F.; führte eine Beziehung mit Martin T.

# FERNAB JEGLICHER ÄSTHETIK

„Hast du ihr neues Bild schon gesehen?", fragt sie mich auffordernd. Ich verneine und möchte mein Handy aus der Hosentasche ziehen, als sie mein Handgelenk fasst und mich darauf hinweist, dass ich es als durchaus schmerzlich empfinden könnte, sollte ich noch immer „eine gewisse Verbindung" zu ihr spüren. Natürlich verneine ich auch das, wissend, dass ich heute keine Freude mehr fände, täte ich es nicht. Jetzt gibt es also kein Zurück mehr. Ich muss mir ihr Bild ansehen, ob ich nun will oder nicht. Wahrscheinlich hätte ich es mir sonst noch einmal anders überlegt und das weiß sie. Genau deshalb hat sie mich auch so zynisch verurteilt. Verurteilt zu etwas, das ich in Wahrheit zutiefst verabscheue. Nur nichts anmerken lassen, sage ich mir immer und immer wieder. Meinen PIN-Code habe ich jetzt zum zweiten Mal falsch eingegeben. Welcher Code, welche verdammte Zahlenkombination kann das nur sein? Ich durchkrame meine Gedanken und komme zu keinem Ergebnis. Ich bin eben vergesslich, rede ich mir schnell ein, um nicht nervös zu werden oder gar zu schwitzen zu beginnen.

„Dann zeige ich es dir eben auf meinem Handy", meint sie leicht überschwänglich.

„Du weißt ja hoffentlich wie vergesslich ich bin. Das passiert mir andauernd."

„Natürlich." An ihrem übertrieben besorgt wirkenden Blick merke ich, dass sie mir kein Wort dieser Geschichte glaubt, ignoriere dies gekonnt und mache einen nicht minder auffälligen Blick auf ihr Handy. Interessiert wirken, aber gleichzeitig nicht zu viel Interesse zeigen, damit mein Verhalten auf keinen Fall falsch aufgefasst werden kann. Sie hält mir das Bild nahezu vorwurfsvoll hin und deutet mit einer abwertenden Geste auf ihr Gesicht, das von starken Augenringen gezeichnet ist, die sich besonders markant in den Vordergrund drängen.

„Und die hast du einmal attraktiv gefunden?"

Ich muss mich fassen, meine Fäuste wieder aus den Handballen lösen und einen tiefen, jedoch unbemerkten Atemzug nehmen. Das Bild betrachtend, auf dem das müde wirkende Mädchen mit einem aufgesetzten Lächeln und einer Gitarre in der Hand inmitten ihres nicht aufgeräumten Schlafzimmers steht, lässt mich keineswegs kalt. My new love steht mit einem Herz versehen darunter und klarerweise hat sie auch nicht darauf vergessen, den Schreibtisch noch ins Bild zu pferchen, auf dem ein leerer Bilderrahmen einsam in der Ecke steht. Ihre Augen wirken, obwohl sie der Gestik des Lächelns ein wenig schmeicheln, trauriger als je zuvor, die zarten Backenknochen zeigen eingefallene Züge. Nichts ist mehr von ihrem üblichen Kleidungsstil zu erkennen. Die dunkelblaue Hose wirkt in Kombination mit dem weißen Pullover, der ebenfalls keinerlei Muster zeigt, farblos und jeglicher Stilsicherheit entledigt. Die leicht rötlichen Haare fallen schlaff und ungezügelt in die Tiefe, ihre natürlichen Locken sind nahezu glatt und das Gesicht wirkt noch schmäler als sonst. Ihre zarten Finger können die Gitarre, die fast genauso groß zu sein scheint, wie sie selbst, kaum halten. Labil und ohne jegliche echte Freude auf ihren farblosen Lippen, übt sie sich einmal mehr in einer Schüchternheit, die ihrem zerbrechlichen Charakter gleicht wie nichts Anderes. Sicher schon eine Minute lang betrachte ich das Bild, das mir wohl den ganzen Tag zu denken geben wird. Neben mir werden haltlose Beleidigungen sorglos in den Raum geworfen, die weit unter der Gürtellinie eines jeden Menschen, der selbst ein Anrecht auf einen menschenwürdigen Umgang hat, liegen sollten. Angefangen von der Kleidung über die leicht gebückte Haltung bis hin zu ihren Augen wird im wahrsten Sinne des Wortes alles kritisiert, was überhaupt irgendwie kritisierbar ist. Ob dieses Mädchen auf dem Bild etwas dafür kann oder nicht, wird dabei vollkommen außer Acht gelassen. Ihre Würde wird mit äußerster Härte in den Dreck getreten und mit wortlosen Blicken das Antlitz derjenigen Person bespuckt, die ich selbst im Zustand der ästhetischen Verwahrlosung zutiefst verehre.

Nickend beachte ich ihre Worte nicht mehr und sehe mich kurz im Raum um. Neben dem Sofa, auf dem wir sitzen, steht nichts bis auf eine nahezu vertrocknete Topfpflanze, die sich allmählich an das kalte Klima gewöhnt. Vor uns die Steinwand mit einem Fernseher, der in seiner Größe alle trostlosen Bilder, die die trostlosen Wände der anderen Räume zieren, übertrifft. Sie wollte ihn unbedingt haben, verwendet ihn täglich und braucht ihn wie andere Menschen einen Partner, um den es sich zu kämpfen lohnt. Der weiße Boden unterstreicht die Farblosigkeit und die nicht vorhandene Ideenvielfalt. Dann denke ich an das unordentliche Zimmer auf dem Bild, das ich selbst nur allzu gut kenne und erinnere mich an die Wärme des Kamins. Die Wärme, die Unordnung, diese Gemütlichkeit. All das vermisse ich. Mein jetziges Bett ist schwarz gehalten, ihres hat rosa Verstrebungen und lässt allein schon durch die dicke, leicht zerknüllte Decke auf eine Gemütlichkeit schließen, die von Einzigartigkeit gepriesen ist. Es ist, als stünde ich in einer fremden Welt, deren Zugang ich jetzt schon verloren oder bewusst hinter mir gelassen habe. Ist das wirklich mein Wohnzimmer? Sie redet, redet und redet immer weiter ohne zu realisieren, dass sie in diesen Momenten die letzte Person ist, der ich folgen kann. Das Alleinsein habe ich mit ihr noch nie genossen. Viel mehr genossen habe ich meine Zeit in London. Wir sind damals oft tagelang nicht aus dem Haus gegangen, haben uns nur Essen oder Einkäufe bestellt und sind nach langen, tiefgründigen Gesprächen wieder ins Bett gegangen, haben dort nebeneinander gearbeitet und sind irgendwann vor verbissener Arbeit eingeschlafen – gearbeitet haben wir aber nicht ohne uns dazwischen in die Arme zu nehmen, innig zu küssen und uns diese einzigartige gegenseitige Zuneigung einmal mehr zu gestehen.

Dieses Bild ist alles, was ich seither von ihr gesehen habe. Sie hat sich verändert. Nicht nur äußerlich, dessen bin ich mir bewusst. Anders als sie. Sie, die immer noch kein anderes Thema gefunden hat, sich das Maul über einen Menschen zerreißt, den sie nicht kennt, aber trotzdem krampfhaft zu hassen versucht, um mich mit diesem Hass anzustecken, was ihr, wie ich jetzt schon weiß, trotzdem niemals gelingen wird. Ihre Worte werden dumpfer und verlieren zunehmend an Lautstärke, Selbstsicherheit und Arroganz. Sie wirft mir einen auffordernden Blick zu, so, als müsste ich ihr jetzt eine Art der Bestätigung in gesprochener Form aushändigen, an der sie sich zu ergötzen wüsste.

Bis zum jetzigen Zeitpunkt habe ich mich nicht getraut einen Vergleich zwischen den beiden zu wagen. Zu verschieden, beide passen auf eine andere Art zu mir und Vergleichbarkeit ist kein Mittel, um die Dauer von Beziehungen infrage zu stellen. All das waren bis dato meine Ausreden. Ausreden deshalb, weil ich sie mir bewusst geschaffen habe, um nicht auf die Versuchung zu kommen, ein Verlangen zu spüren, das ich nicht zu stillen wüsste. Die Tiefgründigkeit unserer Unterhaltungen kann ich aber weder leugnen noch in Frage stellen. Und wäre ich in der Lage dazu, so würde ich es nicht tun. Nachts hat sie mir vorgesungen, wenn ich nicht einschlafen konnte, weil ich mich wieder einmal in ihren Augen verirrt hatte. Verirrt auf der Suche nach einer Beständigkeit, die sie mir nicht garantieren konnte und auch nicht weiter zu suchen schien, denn sie war niemals in Versuchung geraten, unsere Beziehung zu hinterfragen. Wie viele Stunden wir in den hoffnungslosen Bemühungen, unseren Platz in der Gesellschaft zu finden, gemeinsam verbracht haben, kann ich nicht mehr genau sagen. Wir waren immer abseits der großen Ansammlungen von Menschen und haben uns nie aus der Ruhe bringen lassen, wenn wir dafür verurteilt wurden. Denn wir wussten, dass wir von Menschen verurteilt werden, deren Welt nicht über unseren Horizont reicht.

Hier zu sitzen, neben meiner Freundin, grenzt an eine Absurdität, die ich so nicht mehr hinnehmen kann. In Wahrheit ist mir durchaus bewusst, dass ich dazu bestimmt bin, weit weg, fernab der Oberflächlichkeit unseres Zeitalters, zu leben. Im schlimmsten Falle muss ich dort allein leben, im besten Falle aber kann ich den verlorenen Platz einer Gitarre und den leeren Platz im Bild auf dem Schreibtisch eines Mädchens wieder einnehmen, das es verdient hat, auf jede erdenkliche Art und Weise vergöttert zu werden.

Meine Freundin sitzt indes mit einer genauso gebückten Haltung auf dem Sofa, wie das Mädchen, über das sie vorhin noch eine immense Überlegenheit spürte. Sie weiß seit diesen

Minuten, dass sie einen Kampf endgültig verloren hat, den sie zu verlieren, verdammt war.

Jake T.: Geboren 1997; hat sich nach der knapp ein Jahr zurückliegenden Trennung von seiner geliebten Freundin wieder auf die Suche nach derselben gemacht; die Suche verläuft weiterhin vergeblich; seine zwischenzeitliche Freundin hat er ihretwegen verlassen

Lucilla B.: Geboren 1997; ist knapp ein Jahr nach der Trennung von ihrem geliebten Freund mit einer schweren Vergiftung ins Krankenhaus eingeliefert worden, in dem sie bis heute ums Überleben kämpft